JN007458

タツマ

Characters
人物紹介
ロザリア
プライヴィア
セデアス

麻夜
麻夜は眼鏡を右手の中指で
『くいっ』と押し上げて指をとめる、
そしていつかバスの中で
見せたような笑顔で
じっと俺を見つめてきた。
「おじさんの名前、
なんていうんですか？」
Characters
人物紹介

勇者じゃなかった回復魔法使い

〜暗殺者(アサシン)もドン引きの蘇生呪文活用法〜

はらくろ

illust: 蓮深ふみ

Contents

the healer who was not a braver

プロローグ

根強い人気で長く続いている、リアルな異世界を体験可能なフルダイブ型ＶＲＭＭＯＲＰＧ『リアースファンタジア』。俺も学生のころから、かれこれ十年以上どっぷりとハマっていて、それこそ生活の一部となってしまっているヘビーユーザーだ。

異世界だからといってすべてが危険なわけではない。安全な地域でキャンプや旅行気分を楽しむのも、河川や海などで釣った魚を使って料理をするのもいいだろう。嗅覚や味覚も感じられるから飲食を楽しむこともできる。もちろん、ヴァーチャルが故に太る心配もないから安心だ。

だがその安全な地域から、一歩足を踏み出せばそこは剣と魔法の世界が待っている。獰猛（どうもう）なモンスターを相手に狩って狩られてを楽しむことも可能だ。

一人（ソロ）でまったり楽しんでもいいが、複数人数（パーティ）で助け合って楽しむのもいい。俺にはここ数年、コンビを組んで暴れまくっている相棒（フレンド）がいて、何をするにも一緒に過ごすことが多い。

俺は支援型の回復魔法使い。全身に鎧（よろい）を纏（まと）い壁役となって盾で敵の攻撃を受け流し、自らのダメージを回復しつつ、相棒の支援や回復も受け持っている。

相棒は攻撃専門の魔導師。俺の背後に身体（からだ）を隠し、狙撃手（スナイパー）さながらに攻撃をし続ける。相手を倒しきれるタイミングになるとつい熱くなり攻撃に没頭して隠れることを忘れ、受ける被弾（ダメージ）を気にせずひたすら魔力が切れるまで攻撃魔法を叩（たた）き込（こ）む。そんな傾向がある曲者（くせもの）だ。

高出力魔力特化で詠唱速度特化型故に、強力な魔法をマシンガンのように打ち出す攻撃スタイルだからか、当たり前のようにボスのヘイトを集めてしまう。そんなときは俺にダメージコントロールしろと無茶なことを要求する。我が儘を言うだけあって結果はしっかり残す。だからこいつが、背中を預けるには一番安心できるというわけだ。

この週末に、大規模なレイドイベントの開催が決定している。前回、三百人以上の参加があった人気のイベントだ。俺たちはつい先ほどまで作戦を練りつつ、その打ち合わせを終えたばかりだ。

ボスを倒した偉業の記録も、ボス討伐時にドロップするというユニークなアイテムもまた、課金をして手に入るものではないからこそ、俄然やる気が出るというものだ。

「こんどこそ絶対だよ、いいね？」

「おうよ、任せなさいって」

俺はボス討伐に名を残すという結果が目的であり、相棒はボス討伐のご褒美でしか入手不可能な、激レアアイテムという実利を目的としていた。求めるものが名声と富という違いはあるが、この二人なら次こそ勝てるという自信はあった。だからこそ、モチベーションは最高潮に達しようとしていたわけだ。

ちなみに打ち合わせで食べていた料理は俺が作ったものだ。相棒が味見をしてくれたおかげで、俺の腕もそれなり以上に上がっていった。とはいえあくまでもヴァーチャル上での結果である。現実世界の俺には、手料理を食べさせる相手がいないのだから確認のしようがないわけだ。それでも俺は戦闘以外でも案外こうしてそれなりに満喫しているのだった。

俺たちががっちりと握手を交わしたときに、見覚えのある画面表示が出てきた。

【10・9・8――】

目の前に現れたカウントダウンの表示は、俺が設定しておいた時間に、『リアースファンタジア』の世界からログアウトするためのシステムコマンドが起動したということだ。

「おっと、そろそろ時間みたいだな」

「うん。それじゃまた今夜ねー」

「はいよ。また今夜」

【2・1・0、……ログアウトを実行いたします】

(知ってる天井、……だよね。あたり前だけど)

今までいた『リアースファンタジア』の世界と違うのは当たり前。目の前にあるのは我が家の天井。俺はベッドの上に大の字で眠っていたわけだ。身体を起こすと、軽量で壊れにくいVRヘッドセットを外し、いつもの場所に置いてある眼鏡(めがね)を代わりに装着する。右手の親指と薬指でフレームを摑(つか)むようにして『くいっ』と持ち上げ位置を直す。これで準備は完了だ。

俺は寝ている時間を利用して『リアースファンタジア』をプレイしている。身体はしっかりと睡眠をとっていたから疲れは全くないが、下腹の感覚に気づいてトイレに駆け込む。トイレでの突発的なイベントをクリアし終えて出てくると、歯を磨き、髭を剃ったら顔を洗う。鏡を見ても寝癖になる気配すらない天然パーマのくるくるした髪は、セットいらずで毎朝助かっている。

ネットの広告動画でよく見かける『アイロンいらず』と有名な柔軟剤仕上げのシャツに袖を通し、靴下とスラックスを穿く。ネクタイを締めてジャケットを羽織る。冷蔵庫を開けて、扉の手前にあるマルチビタミン配合のゼリー飲料を取り出し、軽く握って程よい勢いで出てくるゼリーを胃袋に流し込みながら、時計を見ると八時十五分前になっていた。

(余裕ぶっこきすぎた。やっぱ……)

このままではいつものバスに乗り遅れてしまう。充電が完了している無駄にハイエンドなスマートフォンと、携帯ゲーム機サイズのウルトラモバイルパソコンやら財布やらを鞄に入れて右肩に背負う。玄関に向かう前、仏間に入り四枚並んだ写真の前に正座する。『いってきます』と手を合わせてから家を出る。ここまでが毎朝のルーティーンになっていた。

玄関の鍵を閉めて五分ほど歩くと路線バスの営業所がある。発着場で足を止めると同時に『バスが到着します。ご注意ください』というアナウンス。バス停に備え付けのディスプレイに『バス接近』の表示あり。三十秒ほどでバスが到着。

電気自動車のバスだからか音も少なく接近していて、気がつけば前側にある乗車口のドアが開いていた。もちろん始発故に誰も乗っていないからいつもの指定席。一番後ろから数えて二つ目右列の、窓際にある席に座る。

鞄からスマホを取り出すと計ったかのように『ぺこん』というショートメッセージサービスの着

信音。画面をタップすると『間に合ったのかな？』のメッセージ。俺は『いつものバスに乗れていますよ』と返信する。すると『お疲れさん』と敬礼しているスタンプだけが送られてくる。

営業所から数えて二つ目のバス停で停車すると乗車口のドアが開いた。いつものバス停、いつもの時刻、いつもの三人組が乗車してきたようだ。地元でも有名な一貫教育の公立学校があり、三人はそこに通う生徒だと思われる。彼らとはここ数年毎日のように顔を合わせている状態。いつも同じ時刻、同じ席に座るから俺も覚えてしまっていた。

先頭を歩く男の子はいわゆるイケメン男子高校生。黒髪短めツンツンのヘアスタイル。雑誌のモデルかアイドルかというほどに端正な顔立ちだ。百七十五センチの俺より身長があり、その上スタイルがいいときている。全身からイケメンオーラがにじみ出ているのに、爽やかさがあるから嫌みがない。天は二物も三物も与えてしまうんだなと呪いたくなってくる。

少年の左手を握ってこちらへ来る女の子。彼より頭ひとつ身長低めの、イケメンくんと釣り合いがとれている栗色ショートボブの美少女。ミニスカートだけど黒ストッキングで、極力肌を晒さない清楚な感じ。特徴的なのはその胸元。男性は圧倒され、女性でもため息をついてしまうほど、机の上に乗ってしまうのではと思えるくらいにとにかく大きい。ちなみに俺は人並み程度に興味はあるが、執着するほどの嗜好は持ち合わせていない。それに相手は高校生、俺は三十一歳のおじさん。生徒と先生、姪とおじさんくらいの年齢差がある。故にガン見したら事案になる、ダメ、絶対。

いつものように二人からワンテンポ遅れて乗ってくるもう一人の美少女。前の女の子と双子らしく、瓜二つの愛らしい顔立ちをしていて、同じ栗色の髪をショートツインテールにしている。特徴的なのは『委員長さん』や『生徒会長さん』と呼ばれそうなお堅いデザインの黒縁眼鏡。俺と同じでレンズのあちら側がやや歪んで見えるから、度数はかなり強めなのだろう。

そしてほぼ毎回なのだが、この黒縁眼鏡の女の子は俺とすれ違う際、右手の中指で眼鏡を『くいっ』と上げる。するとその指を止めたまま、俺を見て笑みを浮かべる。バスの中という閉鎖空間でもあるから距離も近く、視線がバッチリと合ってしまうわけだ。

その度に『俺、何かやらかしたかな？』と思うのだが、心当たりは全くない。とにかくめちゃくちゃ可愛らしい。俺が高校のときこんな子が同じクラスにいたら、もし幼なじみだったらもし彼女だったら、どれだけ充実した人生を送れただろうと思えるくらい、とにもかくにも可愛らしい。

だが相手はうら若き高校生の女の子、こっちはただのくたびれたおじさん。いくらでも飽きずに愛でていられるからといって、油断していたなら事案になることもあり得るわけだ。だから反射的に視線をずらし、眼鏡を外して目頭を押さえるふりなどをして誤魔化すしかなくなるわけだ。ここがぼっち気質である俺の、防御力の限界だと思われる。

俺には幼なじみなんていなかった。仲のよい異性もいなかった。俺はいわゆる『彼女いない歴イコール年齢』な独身男性だ。女性と最後に話をしたのは、職場の経理担当さんに経費の領収書を渡すときだったと思う。

（ちくしょ、羨ましくなんてないやい。爆発しろ、このリア充が）

こうして何度この少年を心の中で呪ったことだろう。実際これが、俺にできるささやかな抵抗だったりするわけだ。

眼鏡をかけ直し、通路から視線を外して足下を見た瞬間(とき)、『ぺこん』という着信音が鳴った。スマホを取り出して画面をタップ。すると『どうかしたの?』というメッセージとともに『ドヤ顔ハテナのスタンプ』が送られてくる。

(相変わらず絶妙なタイミングで送ってくるな……。『別にどうもしてないよ』。送信、っと)

相手は今朝まで話をしていた『リアースファンタジア』の相棒だ。以前会社の慰安旅行で南国のリゾートへ行く際に数日ログインできないと伝えたら、『ずるい。そこ行ったことない。ずるいずるい。せめて写真くらい送ること。いいね?』という感じに電話番号(アドレス)を送って寄越(よこ)した。そのあと俺が送り返すまで無視を決め込むものだから、渋々電話番号を送り返したという経緯がある。それからこうしてたまに『リアースファンタジア』の外でも、メッセージのやりとりをするようになったというわけだ。

ガタン――

送信ボタンをタップした直後、バスが何かに乗り上げたような振動があった。

「あ、麻夜(まや)のスマホっ――」

その声に俺は振り向く。すると黒縁眼鏡の女の子が、座席から身を乗り出して手を伸ばす瞬間だった。その先にあるのは、中空を舞う赤いスマホ。俺は反射的に椅子から降りて回れ左、片膝をついて両手で受け止める。

「おー」

驚きの表情から柔らかな笑顔になって、パチパチと拍手をくれる黒縁眼鏡の女の子。

「壊れなくてよかった」

片膝をついたまま俺はまるで、王女様に手を差し伸べる騎士のような感じにスマホを手渡した。ほんの少しだけ指先が触れたかと思った瞬間、俺の周囲はネガポジ反転されたかのようなモノクロに近い色に染まる。

俺の鼓膜を破らんとするかのように爆音が突き刺さる。まるでＭＲＩの中にいるような電子音にも似たもの凄い音が襲ってきた。例えるならライブハウスのスピーカー前で、壊れてハウリングを起こしたマイクのノイズが耳元でこの世のものとは思えない音量になって鳴り続ける。かろうじて我慢できてはいるが、そう長くは持ちそうもない。

眼鏡の女の子と隣にいる女の子、その隣にいる男の子は気を失っていた。彼女たちに手を伸ばそうとしたとき、浮遊感を感じることになった。

そのときほんの一瞬だけ、一秒、いやコンマ五秒くらいだろうか？　ネガポジ反転状態の景色が俺の周りだけ元に戻った。遅れて一秒ほどすると、映画のエフェクトのような感じで周りの色も徐々に戻ったかと思うと、耳をつんざくほどの爆音はいつの間にか消えていた。

違和感を覚えて足下を見る。するとグレーだったはずの床が真っ黒。足首まで埋まっていたからか踏ん張りも利かない。なぜか間違いなく『落ちる』と思った。だから覚悟ができたんだろう。そのとき背中に弱い痛みがあった。けれどそれどころじゃない。なぜなら、俺と目の前にいた三人がいたはずの場所ごと物理的に『落ちて』いたからだった。

ズシン——というには気味の悪い振動音。直面したことがないからよくわからない。ただ、交通事故でもない限り、このような音を耳にすることはないはずだ。それはおそらく俺たちがどこか知らないところへ着地した衝撃だったのだろう。

黒縁眼鏡の女の子にスマホを手渡した直後だったこともあり、俺は片膝をついた姿勢のまま落ちてしまったようだ。左足を踏ん張り、右足首と膝で衝撃を和らげ、右拳を握って地面に突き立てる。鏡に映してはいなかったが、その姿はまるで『スーパーヒーロー着地』そのものだったはずだ。

ひとつだけそんなイメージと違っていたのは、着地した地面だと思っていた場所に、なんとも気味の悪い『ぐちゃり』という何かを潰したような感触があったからだ。足下を確認すると、俺は不思議な服装をした年配の男性を踏んで下敷きにしていた。これはきっと事故だ、機会があるならあとで謝るべきだろう。

俺はバランスを失い真後ろへ倒れそうになったそのとき、目の前に三人の姿を確認できた。彼らは気絶をしているかもしれない。だが幸い、怪我をしているようには見えなかった。

（とりあえず無事ならそれでいいか）

そう思ったのを最後に、背中から倒れるようにして俺の意識は遠くなっていく。

第一章◇勝手に読まないでくれよ。

「――そーっとそーっとね。起きないようにそーっとねー。うはー、やわらかい。くるくるわしゃわしゃしてる。まるでこの間行ったネコカフェのアイドル、巻き毛のネコちゃんみたい」

「――ちゃん、駄目でしょ？　その人ネコちゃんじゃなくおじさんだから」

「やわらかもふもふでうっすらと『ぐもあ』の香りまでするとかもう、ずるいでしょ……」

「――姉ちゃんの目を見て？　ほら、どこ見てるかわからなくなってるし……」

女の子と男の子の声が聞こえる。それもどこかで聞き覚えのある声だ。なんだろう？　何やら頭のあたりがこそばゆい。俺は重たく張り付いた目蓋をどうにかして持ち上げた。すると、そこに映ったのは――

「知らない天井だ……」

「あ、麻夜もそれ知ってる。ラノベや漫画の異世界転生ものとか、事故のシーンに使われる場面転換な台詞ですよね」

俺と天井の間に割って入る人の姿。逆光のため若干見えづらくはあるがとても印象的な黒縁眼鏡と、そのレンズの奥にある琥珀色の瞳。一人称で自分のことを麻夜と呼ぶ彼女の栗色の前髪が頰をかすってくすぐったい。

（よくご存じでいらっしゃる。ちなみに、一度は言ってみたい台詞のひとつだったりするわけだ）

麻夜という子はもう俺の頭のほうへ戻っているからか、視界の先には天井が見えている。天井に目のピントが合っているし、天井から視線だけをずらすと眼鏡のリムの端とピンボケの境界が見えることから俺の顔に眼鏡があることは確認できる。

眼鏡利用者である俺が『眼鏡を外していない』ということは、『眠った』のではなく『寝かされた』ということで間違いない。なぜなら眼鏡を着用したまま眠ると、その上に寝返りを打って最悪の場合壊してしまうことがあるからだ。それらのことから考えるに、少なくともあのとき『落ち』て誰かを『踏んだ』ことも夢ではなく事実なのだろう。

俺は目を覚まして間もないからか身体のあちこちに痺れが感じられる。身体を起こすにはまだ時間がかかりそうだ。彼女たちに悪いとは思ったが俺は顔だけ左に向けて受け答えをさせてもらうことにする。

「ほら、麻夜ちゃん。いつまでおじさんの髪触ってるの？　こっち戻っていらっしゃい」

俺から少しばかり離れた場所に、何やら見覚えのある制服を着た少年に並んで、ショートボブの可愛らしい少女がベッドの上に座っていた。彼女が先ほどから麻夜という子に注意を促しているのは間違いないだろう。

「だってさー麻昼ちゃん」

これまで頭から俺の真上、また頭の上から聞こえていた少女の声がぐるっと左肩を経由して移動しているのがわかった。

「やわらかいだけじゃなくてね、そこはかとなく『ぐもあ』のいい匂いがするんだものー」

ベッドに座っていた『麻昼ちゃん』と呼ばれていた少女の姿を遮るように、『麻夜ちゃん』と思われる少女はベッドの端に両手をかけてしゃがみ込み、こちらを覗き込んでいる黒縁眼鏡の少女の姿が確認できる。ちなみに彼女の顔と俺の顔は三十センチほどしか離れていない。

（近い近い近い近い、駄目駄目マジで照れるってばさ……。顔に出てない？　大丈夫かな？）

彼女の言う『ぐもあ』というのはおそらく、俺が愛用しているシャツの柔軟剤のことだろう。

「そ、それはありがとう、と言っておくべきかな？」

俺は麻夜に礼を言った。困ったことに、彼女は全く照れる素振りも見せない。

「いえいえどういたしましてー。『ぐもあ』はね、学校だと香水扱いになっちゃうから禁止なんだって。そうだよね？　麻昼ちゃん、朝也くん」

ネットの広告動画などでは、汗をかくとその匂いを打ち消す技術が使われているとかなんとか。柔らかなフローラル系だけど確かに匂いは弱くはなかったような気がする。

これまでの会話である程度彼女らの立ち位置がわかってくる。麻夜が振り向く度にちらりと見える、向かいのベッドの上に並んで座る少年少女の手は繋がれているが、バスの中のような感じではなく、五本の指を根元から絡めて離れまいとしっかり繋がれていた。

（なるほどなるほど、おじさんはこれで誰が誰だか把握できたぞっと。イケメン、長身の彼は朝也くん。毎日彼と手を繋いでいた子が麻昼ちゃん。少し遅れてバスに乗ってきた短めのツインテールで眼鏡利用者の美少女が麻夜ちゃんってことか。朝也くんと麻昼ちゃんの『あれ』はもしかして『恋人繋ぎ』ってやつじゃないか？　まぁ、少なくとも二人はいい関係っぽいな。うん、リア充は爆発

したまえ）

「そういえばさ、麻夜ちゃん。うしろにいたのは麻昼ちゃん、一緒にいるのが朝也くんでいいのかな？　彼女みたいに彼の隣にいなくてもいいのかな？」

未だに麻夜は、俺の寝転がっているベッドに両肘をつきながら笑顔を向けてくる。

「あー、大丈夫大丈夫。麻夜は年下趣味じゃないから朝也くんは守備範囲外。ね、麻昼ちゃん」

そう言って麻夜が振り向いたとき、両の手のひらで頬を押さえるようにして照れている麻昼の姿が見えた。

「そんな、私は別にそんなわけじゃなくてその、朝也くんだけがいたならそれだけでいいというかなんというか……」

（うーわ、ガチだ。いるんだね、こんなに一途な女の子って）

「麻夜姉ちゃん、麻昼姉さんをあまりからかっちゃ駄目でしょう？」

麻昼の右隣にいた朝也が『やれやれ』という感じに麻夜を窘めていた。

「からかってないよー。麻夜は年上が好みなんだよってだけ。ここにいるおじさん、みたいな、ね」

黒縁眼鏡のリムの中央を右手の中指で『くいっ』と持ち上げてそう言うんだ。指を眼鏡に押しつけたままこっちをじっと見つめて微笑むこの表情。どこかで見たような気がするんだ。

「おじさんおじさん」

「どうしたのかな？　麻夜ちゃん」

「うんっ。あのね、寝言で言ってた『リア充爆発しろ』とか、さっきの『知らない天井だ』もね、なかなか良かったですよ」

麻夜は小首を傾げながら右手を口元にあてて目を細める。その笑顔は間違いなく俺がバスで毎回根負けして俯くときのものと同等の破壊力があった。

（ちょ、俺、そんなこと寝言で言ってたのか？　それじゃ陰キャ丸出しじゃ――いやちょっと待て。それよりなにより、どうなってんだこれ？）

麻夜とこのようなやりとりをしているうちに、寝起きの頭もはっきりしてきた。彼女のおかげで状況の再確認をすることができていたのだ。俺の記憶が途切れたとき、最後に見た光景とここは全く違っている。あの『切り取られたとしか思えないバスの後部座席』がここにはないということだ。少なくとも俺は、そのシートへ折り重なるようにして倒れ込んでいた彼女たちの姿をしっかりと記憶している。だからこそ、ここがどこなのかと改めて疑問に思ってしまう。彼女たちの立つ位置から考えるに、俺はビジネスホテルにあるような高さのベッドに寝かされている。周りを見回すと、同じようなベッドがあちら側に二つ、俺の隣に一つ。客間にしては殺風景だから、もしかしたら医務室かなにかだろうか？

「あー、うん。心配かけてすまなかったね」

麻夜は俺への返事をする代わりに敬礼をしてみせた。そのままくるりと背を向けたかと思うと、部屋中歩き回って手に持ったスマホで何やら確認しているようだ。

「朝也くん、麻昼ちゃん。やっぱりここ圏外だよ。ネットもきてないっぽいし」

なんともこれは少し驚いた。麻夜は自らの置かれた状況なんかより、まずはスマホの通信環境を確認していた。さすが現代っ子だと俺は思ってしまった。

俺がざっと見回した感じだが、通信環境より疑問に思ったことがある。その理由は、壁に窓枠のようなものは確認できるが、そこから外が見えるわけではないからだ。もしかしたら、外側から雨戸のような何かで固定されているのだろうか？　壁にはドアらしきものは存在するが、ドアノブがついていないからこちらからは開けられず、部屋の外へと出られる気がしないのだ。

麻夜が言っていたようにスマホの電波は圏外表示で反応がない。無線ＬＡＮのルーターもアクセスポイントも反応がない。古い建物だと鉄筋があちこちに埋め込んであり、外からの電波が遮断(しゃだん)されてしまうという話を聞いたことはある。だが、窓際ぎりぎりにスマホを置いてもＧＰＳすら反応がなかったそうだ。

例えば俺たちが、何らかの事件に巻き込まれたのだと仮定する。囚(とら)われの身となっている俺たちの相手は、基地局だけでなく衛星の電波をも遮断できるほどの技術力を持っている。そのような相手に俺たちにはどのような対抗手段が残されているのだろうか？　何より、俺が気を失う前に見た『切り取られたとしか思えないバスの後部座席』と『俺が踏みつけてしまった男性』はどこへ行ってしまったのか？　もし拉致されたのならば、あれは無駄な演出だと思えるからだ。

さておき、ここまであれこれ思案しておきながらやっと気づいた俺も駄目だが、実は全裸だった。かろうじて薄い上掛け布団らしきものがかけられていただけのまさにギリギリの状態だった。

「麻夜ちゃんたちも、もしかして……」

（いやいやいや、そこで黙ったままとか、それにそんなにあからさまに頰を染めなくてもいいでしよ？　麻夜ちゃん。嘘だよね？　見たりしてないよね？）

「その、ですね。怪我がないかを確認しようとですね——私は見ていませんよ。はい」

「だからやめた方がいいって、僕は言ったんです……」

（麻昼ちゃんも見ちゃったわけだ。貧相な俺のマグナム。……他人と比べたことはないけどさ。それでも朝也くんは止めてくれたんだね。ありがとう、ほんとうにありがとう）

　俺がまだ眠っているとき、麻夜がベッドの下に布の袋が二つ置いてあることに気づいたらしい。彼女からそれを手渡されて確認したところ、ひとつはボロボロになって布きれになってしまったスーツなどが入っている。もうひとつは、俺の着替えとして用意されていた服のようだ。

　身体にかけてある、上掛け布団としては少々頼りないけれどシーツよりはマシなものをそっと持ち上げた瞬間、俺は絶望の淵に立たされる。

（全裸に靴下だけとかそんな、海水パンツに麦わら帽子で長靴履いて、鋤鍬担いだどこぞの芸人さんより酷い状況だって……。これさ、麻夜ちゃん絶対気づいてるって。ほら、吹き出しそうになるのを必死に堪えてるし……）

　とにかく俺は、皆に後ろを向いてもらってそそくさと着替えを済ませる。一応これで事なきを得たわけだ。

　着替え終わってやっとベッドから降りることができた。靴下は残っていたのに靴が見当たらない。仕方ないと頭を切り替えて用意されていた靴を履き、俺は麻夜たちと一緒にこの部屋を調べ始めた。

「あ、そうだ。おじさん」

立ち止まってくるりと反転し顔を近づけてくる。麻夜は眼鏡を右手の中指で『くいっ』と押し上げて指を止める、そしていつかバスの中で見せたような笑顔でじっと俺を見つめてきた。

ついつい目を背けたくなるのだが『ここは引いたら負けになる』と思って、少しだけ抵抗してみせた。俺は眼鏡の下側のリムを、右手の親指と薬指で持ち上げるように『くいっ』と直す。

「な、なにかな？」

「おじさんの名前、なんて言うんですか？」

「俺？　俺の名前は早乙女辰馬（そうとめたつま）、三十一歳独し――」

このあと『独身彼女なし』と続けるつもりだった。それはいつも利用していた『簡単自己紹介のテンプレート』。それを言い切る前に、開かずの扉だと思っていた場所から『ガチャリ』という鍵の開く音が鳴り、その後軽い軋（きし）みとともにドアが開いた。

入ってきたのは先頭に女性、続いて男性。女性が身につけているのは、俺が意識を失ったあのとき、踏みつけてしまった男性が着ていた服になんとなく似ている。あの男性は白っぽい色だったような気がするが、彼女のものはベージュを基調とした高級ホテルのフロント業務で見るような制服。下はスカートだが、その下に同色な細身のズボンを穿（は）いている。

「ど、どうしたことでしょう？　勇者様は三名だと聞いていたのですが……」

俺たちを見て言葉に詰まる女性。後から入ってきた男性も同様に驚いている。なぜなら、ここには俺を含めて四人いるからだった。

「『異世界』きたっ、『勇者召喚』きたっ！」

麻夜はこれ以上ない笑顔で、拳を握って両腕を天井に向けて突き上げてる。それこそ身体全体で喜んでいたのがわかってしまう。少なくとも俺にはそう見えていた。

「あなたがたのいた世界と違いまして、ここには魔法というものが存在します」

その証拠に、続けて女性がいかにもな説明をするとすぐにまた麻夜が反応。

「『ラノベ的展開』きたーっ！」

先ほどと同じポーズで両腕を上げて、麻夜はもう興奮状態。それは麻昼と朝也が慌てて止めるほどのものだった。

前置きとも言える細かい話が体感で十分ほど続いた。女性は勇者担当の事務官で、男性は事務官補とのことだった。そういえば事務官補の男性は俺と似たような服を着ている。なるほど、俺が身に着けている服はこの施設からの支給品ということなのだろう。

彼女らの話が正しいのであれば俺たち四人のうち勇者は三人だけで、一人は招かれざる客ということになる。それを確かめるためなのだろう。俺たちは各々ひとつずつ、表面がツルツルしている黒い石盤のようなものを手渡された。大きさは十インチのタブレットくらいだろうか？

「こう、両手で持って『個人情報表示』と唱えてください」

女性事務官の説明通りに持つと、俺たちは『個人情報表示』と唱えた。するとその表面、画面ともいえるその場所に、氏名『タツマ　ソウトメ』と可読性のある文字が表示された。その隣には、属性欄という項目も見える。

「これってもしや？」

「ステータスオープンみたいな？」

俺と麻夜は向かい合って、お互いに眼鏡の位置を『くいっ』と直し、見つめ合って『ニヤリ』と笑ってしまった。俺も彼女もおそらくはご同輩、それ系の漫画やアニメ、ラノベをこよなく愛している『隠れオタク』。少なくとも俺はそう思っていた。

「勇者様は『光属性』または『聖属性』をお持ちだと伺っております。お手元にある属性という欄をご確認いただけますでしょうか？」

（『回復属性』と『空間属性』？　ちょ、『光属性』も『聖属性』見当たらないんですけど？）

麻昼は『聖属性』、朝也は『光属性』、麻夜も『聖属性が』あると答えた。するとその時点で必然的に俺が招かれざる客ということが確定した。啞然（あぜん）としていると、俺の背後に気配が感じられた。なんだろう？　趣味の悪いコロンのような香りまでする。

「タツマ、ソウトメ」

名前を呼ばれたからつい、振り向いてしまう。事務官補の男性が俺の肩口から覗（のぞ）いているようだ。間違いなくこの男にも読めている。ここは警鐘のためにも口に出しておくべきだろう。

「なんだ？　読めるのか？　てか勝手に見るなよ。個人情報ダダ漏れじゃないか？」

（俺のツッコミで麻夜ちゃんたちが笑ってるよ。俺だって言いたくないけど、仕方ないじゃないか？）

「ははは。これはどうしたことだろうか？　『光属性』も『聖属性』も見当たらないではないか。貴様が持つものは『回復属性』と『空間属性』、ともにレベルは1程度。『回復属性』を持つ者はこの国ではさほど珍しくもない。招かれざる客とは貴様のこと。事務官殿、勇者様はこちらのお三方、此奴（こいつ）はただの下民で間違いありませぬな」

男性事務官補は俺のことを『市民』ではなく『下民』と言い放った。その上回復属性を使い物にならないと叩（たた）く。『リアースファンタジア』で回復魔法使いだった俺は少々腹立たしく思うわけだ。

麻昼、朝也、麻夜の三人はどうしたらいいのかわからないという表情。女性事務官のほうは申し訳なさそうにしてる。おそらく事務官補の男性（こいつ）が暴走したのだろう。

「――現在、この世界は地を、水を、人をも汚（けが）す悪素（おそ）というものに苦しめられています。原因となるものを探してそれを討伐するため、悪素に対抗しうると言われていた光属性と聖属性を持つ勇者様のお力に縋（すが）るしかありませんでした。そのため、これらの属性をお持ちになっていた皆様をお喚（よ）びした次第にございます」

女性事務官は麻夜たちが勇者として召喚された理由をそのように答えた。

「なるほどなるほど。俺でもよぉく理解できましたよ」

俺は男性事務官補をちらり見たあと、肩をすくめて『やれやれ』という仕草をしてみせた。

「俺はその召喚にただ巻き込まれただけ。そういうことですね？」

女性事務官は否定しなかった。男性事務官補は俺を見て含み笑いをする。実に嫌みなヤツだ。

「それなら俺、元いた場所に帰してもらえますか？　冷蔵庫に晩酌のお供にする予定だった駅前の『フォルテシモ』で買った高級スィーツがあるんですよ」

「『フォルテシモ』ですかー。あそこめっちゃお高いけど、忘れられないくらいに美味なのよねー」

麻夜の言葉に麻昼も同意するように頷いていた。

「あれね、紅茶だけじゃなく洋酒にも合うんだよね。まぁそのあとひとつ風呂浴びて、ゲームにログインするつもりだったんで――」

俺の要求に女性事務官は口ごもってしまう。顔色を見ると何やら青ざめている感もある。

（あぁこれってやっぱりあれかー）

「テンプレ展開？」

（麻夜ちゃん、思っていても口に出さないのがお約束でしょうに？）

麻夜を見ると悪びれた風もない。麻昼と朝也は『テンプレ』を知らないらしく、麻夜は実例のようなものをあげて丁寧に教えている。

女性事務官は『現在この世界から送還する方法はないが、努力をして見つけ出す』という内容を麻夜たちに説明していた。そんなとき男性事務官補は『そんなものあるわけがない』というような、彼女の気遣いを水の泡にする発言をした。

（駄目だこいつ……）

このあとこの国の国王と王妃、王女との謁見があるとのこと。だが俺は勇者じゃないから同席はできないらしい。おまけに麻夜たち勇者はこの国で手厚く保護されるとのこと。けれど俺は保護の対象ではないようだ。

（まぁ少なくとも、目を覚ました場所が牢獄じゃなかったし、俺たちの手足に枷はないし、変な首輪をはめられていない。……そういう意味では最悪の異世界転移じゃないと言えるのかもしれないが、俺はこれ以上ここにいることができそうもないんだよな……）

話の流れから察するに俺は、早々に身の振り方を考えなければならない。そのため、女性事務官に聞いたところ、回復属性は傷などの治癒を行う回復魔法を使うための加護。空間属性は言葉通り、魔素を消費して荷物を格納する魔法の加護とのこと。

男性事務官補が彼女の言葉を遮るように『貴様が勇者様でなくて非常に残念だ。あぁ残念で仕方がないぞ』と鼻で笑う。正直ぶん殴ってやろうかと思わなくもないが、ここはじっと我慢の子であるべきだろう。

女性事務官が言うには、城下には『冒険者』なる職業がある。俺が持つ空間属性をうまく活用すれば安定した仕事に就けるだろうとのことだ。もちろん俺はこれでも社会人だから、これからの生活が有利なものになるように交渉しまくった。彼女も俺に対して申し訳なく思っていたのだろう。だから『なるべく力になれるように』と考えてくれていた。

その結果、お詫びの印として布袋に入った支度金のようなものをいただけることになった。袋の中には銀貨十枚、大銀貨九枚が入っている。これが多いのか少ないのかはわからない。

（すっかり忘れてた。これは確認しておかなきゃならないよね）

「そういえばなんですが」

「はい。なんでしょう？」

「確か、事故か何かで俺の下敷きになって怪我をされた男性がいたはずですが、あの方はその……」

「はい。ご心配おかけして申し訳ありません。現在ですね、神殿で治療を受けていると報告があります。タツマさんが気に病むことはありませんよ」

「そうですか。それなら安心ですね」

俺を見送るべく、麻夜たち三人と女性事務官、男性事務官補が王城の裏口らしき場所へ到着。女性事務官と男性事務官補は何やら話をしていた。今のうちと思って俺は、比較的とっつきやすそうな麻夜に手招きをする。

『どしたの？』

『あのさ、俺、ここから出ていくことになったけどね』

『うん。麻夜たちも気をつけるから気をつけるんだよ、タツマお・じ・さ・ん』

麻夜には俺の名前は覚えてもらえたようだ。彼女は『あのバスの中で俺を見つめたとき』のように顔を近づけて、右手中指で眼鏡をくいっと持ち上げたあと口角の両側を持ち上げて『にまっ』と笑みを浮かべる。

おそらく俺が彼女のことを美少女だと思っていると感づいている。もちろん、彼女は自分が可愛らしいことを自覚している。同時に俺が彼女の笑みを見ていつも、キョドっていたのを知っていたはずだ。

だからきっとこうして今もあのときのように、面白がっていたに違いない。なるほどあれってただの偶然じゃなかったわけだ。少なくとも、嫌われているわけではなかっただけ良しとするべきだろう。

『ありがとう。俺しばらくは城下の冒険者ギルドにいるから、何かあったときは――』

そのとき俺は背中を押されて外へはじき出される。危うくつまずきそうになって、『何が起きた？』と後ろを振り返ると、男性事務官補が諸手（もろて）で俺を突き出したように見える。無情にもそのまま扉が閉められてしまう。扉の向こうで麻夜が何かを叫んでいた。おそらく男性事務官補に大声で文句を言っているのだろう。

（あいつに嫌われてたんだな、俺。何かしたかな？）

何はともあれ結果論だが、王城から安全に抜け出すことができたというわけだ。少なくとも俺には何のペナルティも科されていない。

（……ってことはあとは希望しかないわけだよね。うーわ異世界行脚（あんぎゃ）、楽しみすぎるわー）

三人のことは正直心配だが、何をするにもまずは足場を固める必要がある。大銀貨九枚と銀貨十枚がどれだけの価値かはわからないけれど、いずれなくなってしまうのは目に見えている。とにかく仕事にありつかないと駄目だろう。

（けどま、色々ありすぎて疲れたわ。まずは宿を取って、そのあと冒険者ギルドに行ってみるか）

　そう思って俺は左右を見た。するとそこは王城の城壁か何かなのだろうか？　ひたすら続く迷路のような道にしか見えない。ある意味絶望の音が聞こえてきそうだった。

　諦めて歩き始めたときズボンが下がっているのに気づく。理由はポケットにある銀貨の袋だった。

（そういや空間魔法だっけ？　あれっていわゆる『アイテムボックス』みたいな魔法なんだろう？）

「まずはんっと『個人情報表示』。おぉおおお、こう来たか」

　オーグメンテッドリアリティ（拡張現実）、ARとも言うがその画面が目の前に出てきた。俺はそこから『空間魔法』の項目をタップするように意識して、そっと触ってみる。出てきたのは次の画面。それは『リアースファンタジア』にあったアイテム所持枠、いわゆるインベントリにそっくりだった。

　表計算ソフトのセルに似た枠が並んでいて、そこにアイコンらしきものが見えた。何やら初めからいくつか入っているようだ。

（えっとあれ？　まじですかー）

　スマホ、充電器、財布、定期入れ、すべてこの世界で使えそうにないものばかりなり。

（まじか。あれ、かなり高かったんだぞ……）

　給料の三ヶ月分弱もしたパソコンがない。『リアースファンタジア』のアイテム整理などが外出先でも可能になるなら、なるべくハイエンドのものをとつい先日買ったばかりのものだった。仕方ない、『男は諦めが肝心』と心で泣くことにする。

ポケットから銀貨の袋を取り出して手のひらに載せた。ずっしりと感じる袋を見ながら、まずは色々試してみることにする。最初は直接袋をインベントリにねじ込んでみたが……。

「ここにこう、……直接は入らないわけね。えっとそれならこうか？　硬貨だけに……。『入れ』。んー、駄目か。『保存』、『入庫』、『保管』、『収納』。……んー、あ、『格納』」

そのとき手のひらの上にあった銀貨の袋が消えた。インベントリには新しいアイコンができていて『銀貨の袋』と表示されていた。

「まんまやないかーい」

思わず手の甲でツッコミを入れてしまった。次に手のひらを上に向けて『銀貨の袋』と言う。

「お、出た出た。これでいいわけだ」

肩に担いできた破けた服と、パンツなんかが入っている袋も『格納』する。

（『ぼろきれ』ってなにさ？　スーツも下着もそれなりの価格だったんだけどな……）

空間魔法の検証が一段落すると、俺はまた歩き始めた。中型クラスのトラック一台が余裕で通れると思われる幅の道を十分以上、もしかしたら三十分は歩いたかもしれないと思えるほどに長い道のりだった。同じ景色は時間経過の感覚を狂わせるから、実際の時間はわからない。それでもやっと、少し遠くに跳ね橋のようなものが見えてくる。おそらくはあれが王城の入り口なのだろう。

もう一息でこの長い迷路のような道から抜けられる、そう思ったときだった。右の足首と左の膝に痛みを感じた。

（あれ？　もしかしてさっき突き飛ばされたときに捻(ひね)った？　それともあの落ちて着地したときに

痛めたのか？）

俺には確か回復属性の加護があった。ということは『リアースファンタジア』で言うところの回復魔法が使えるはずだ。

（えっとまた唱えなきゃだな。『個人情報表示』だっけ？）

そう、頭に思い浮かべて口に出そうとしたとき、目の前に先ほどの画面が浮かび上がる。

（おぉう。考えるだけで出てくるとか、便利すぎるだろう？　さてと、あったあった。回復属性の先に、うんあるわ）

俺の目の前に出てくる回復属性の呪文一覧。なんとなく見覚えのある呪文名。『リアースファンタジア』では『リカバリー』だった初級回復呪文が『リカバー』になっていた。呪文の説明にも『はじめての回復魔法』とあるだけ。詠唱が必要という記述もない。

「えっと、てことは、……だ。『リカバー（初級回復呪文）』」

足首に右手を当てて、口の中で呟（つぶや）くように呪文名だけを唱える。周りに誰もいないのはわかってはいるが、ちょっと恥ずかしい感じがしたからだ。するとどうだろう？　先ほどまで煩わしく感じていた痛みが引いていく。同時に、右足首だけでなく左膝まで痛みが消えていた。

とにかく、痛みがなくなっただけ助かった。そう思って魔法一覧を再度見た。

（あれ？　『デトキシ（解毒）』と『ミドル・リカバー（中級回復呪文）』が有効化（イネーブルド）になってる。さっきまで無効化（ディセーブルド）だったのにな……）

確か回復属性のレベルは間違いなく1のはずだ。

（あ、なんだこれ？　1の右側にFがついてる。もしかして1Fって読めないか？）

俺はこう見えて、理系畑でオタクでネトゲ廃人。『ぼっち三種の神器』を持ち合わせている完全体のひとつでもあったからこそ気づいたのだろう。

（これってもしかしてあれじゃないか？　えっと確か、0から9までは同じで、10に繰り上がる代わりにAになる。右辺がFということは、B[11]、C[12]、D[13]、E[14]、F[15]。すなわちFが15ということになる。左辺の1に16をかけて16、これを置いといて15＋16で31。……あ？『リアースファンタジア』の回復魔法レベルと同じ31にならないか？　偶然？　偶然だよな？）

俺の数値は十進数表記ではなく十六進数表記かもしれない、ということに気づいた。

（けれど年齢は三十一歳。そのまんまなんだよな。どういうことなんだろう？）

少なくともあのときレベルが1に見えたのは幸いだったのかもしれない。もし31と表示されていたならば、こうしてあっさり外に出られただろうか？

（どっちにしてもさ、こんなに便利魔法なのに珍しくないとか使い物にならないとか。どれだけこの国、使い手のレベルが高いんだよ？）

とにかく俺は、ブチブチと文句を垂れ流しながら歩いていく。トータル小一時間は歩いたか？と思えるほどに長く感じたこの通路。やっとのことで跳ね橋にたどり着いた。王城を見ると、ここが間違いなく正門だとわかる。俺は橋を渡って城下へ向かって歩いていく。

跳ね橋を渡りきると、水路沿いを真っ直ぐに進んでいく。すると徐々に、人の姿が見え始める。湖に面した一角からは城下の町並みが見えてきた。

そういえば、『リアースファンタジア』でもこのように異世界行脚が可能だった。出会う人々はＮＰＣ（なかのひとがいる）かＰＣ（プレイヤー）のどちらかだった。考えてみると、あの女性事務官の申し訳なさそうにしていたリアクションも、男性事務官補の嫌みったらしい受け答えもかなりリアルだった。

『リアースファンタジア』ではＮＰＣを演じているキャスト（演者）がいると聞いていた。それは運営スタッフだったり、アルバイトだったり様々だ。なぜここまで詳しいかというと、俺が勤めていた会社『ハデスシステムエンタテインメント』は『リアースファンタジア』の運営と同じグループ会社だったから。色々と信憑性（しんぴょうせい）の高い噂（うわさ）が流れてくるわけだ。

そのようにちょっとしたネタバレに近い噂を知りながらも、俺自身が十年以上どっぷりハマれるのは、それだけ優秀なコンテンツだったと言えるからなのだろう。

人通りの多い場所まで来ると、風に乗って香ばしい匂いが漂ってくる。これは間違いなく何かの肉が焼けた匂いだ。醤油（しょうゆ）だれが焦げる匂いではないが、塩味の焼き鳥と同じような実に食欲をそそる匂いがする。

（そういや今朝はゼリー飲料で済ませたっけ？　昨日の夜はビール一缶と冷凍ピザ二切れだったし。そりゃ腹が減るわけだよ）

空腹を認めてしまった途端『ぎゅるるるる』とお腹（なか）で何か別の生き物が鳴き始めた。風向きが変わったのか、匂いが一瞬明後日の方向に行ってしまった。それを追いかけるように回れ右をしたときだった。

(な、なんだこの柔らかいもの？　なんだか良い匂いもするし……)

何の匂いかはぼっち気質な俺にはとんと想像できない。だが俺はそれがすぐに、誰かをぎゅっと抱き留めるかたちで人とぶつかってしまったことに気づく。これだけの人通りだ、俺は周りを注意していなかったからぶつかりもするだろう。

百七十五センチある俺より拳ひとつかふたつは低い身長。おそらく麻夜や麻昼くらいだろうか？

「すみません。不注意でした。怪我はありませんか？」

「いやっ、こ、こちらこそすまない」

声の感じから子供ではなく大人の女性か？　漆黒のフード付きオーバーコート、厚手のローブみたいなものか？　俺の胸元から見上げている顔。深々と被ったフードから少しだけ覗く濡れ羽色の髪。俺を見上げる漆黒の瞳。艶のある唇。これだけ挙げると日本人のように思えるが、顔の造りは西洋人風で、肌の色はかなり暗めの褐色。でもとにかく瞳が綺麗で印象的だった。

「ほんっと、すみまっせん」

「だ、大事はない。失礼した、ではな」

フードを更に深く被り直して、彼女は俺の横を通り過ぎていく。後ろ髪を引かれる思いというのは、こういうことを言うのだろうか？　俺は雑踏に消えていく彼女の背中から目を離すことができなかった。

風向きが変わったのか、先ほどの肉を焼く香ばしい匂いが再び漂ってくる。今度こそ逃がすまいと、匂いをたどっていくとなんとかかんとか串焼きの屋台を発見。色気より食い気、空腹の絶頂にあっただらしなく鳴りまくる俺の腹はとにかく正直だった。

気持ちよく迎えてくれる五十代くらいの男性。絶妙なタイミングで、焼けた肉を裏返す彼の手元は熟練の域に達しているのか、まるで祭りの屋台でも見ているかのような錯覚を起こすほどに見事なものだった。串焼きを一本注文し、引き換えに銀貨一枚を渡すともの凄く微妙な表情で呆れられる。彼は俺に『少し待つように』と言った後、隣の店舗へ入っていった。

ややあって男性が出てくると、俺に重そうな布袋を手渡す。それには銅貨が九十八枚入っているとのこと。要はおつりだ。

(串焼きがおそらく二百円くらいって考えたら、……ええええ？　俺ってば、祭りの屋台で串焼き一本に万札で払ったってことかよ……)

反射的に謝った俺を見て、串焼き屋の男性は笑っていた。隣の店舗にも迷惑をかけたかもしれない。俺は串焼きをあるだけ全部、隣の店からは冷えたお茶をあるだけ買わせてもらう。どうやって持っていくのか尋ねられたので、空間属性持ちだと言うと少し驚かれたが納得してもらえた。

支払いのときに誤って大銀貨を渡してしまうと、『銀貨九枚のおつりを用意しろというんだな？』というツッコミが入った。だが貨幣価値がこれで判明した。銅貨百枚で銀貨。銀貨十枚で大銀貨。大銀貨十枚で金貨、ということは金貨は銀貨百枚に相当するということになる。

(空間属性自体はそれなりに所持者がいるってことだな。これでなんとかギルドでも仕事を探せそ

うだよ。あ、忘れないでおすすめの宿屋を聞かなきゃ駄目だな）

湖が見える場所に腰掛けて、俺は遅い昼食をとることにする。早い夕食としなかった理由はこうだった。『個人情報表示』の画面、今後は面倒なので『個人情報表示謎システム』と呼ぶことにするが、そこに表示されていたシステム時刻が十六時五十四分だったからである。タップすると午後四時五十四分に遷移する便利機能付きだった。

スマホを持つ世代にとって腕時計は趣味のアイテムだ。社内連絡のやりとりも、専用のスマホが支給されていたから余計に腕時計をする必要がない。そんな俺には実に便利なシステムだと思う。

膝の上に乗せた、紙に包まれている串焼き五本。これで銅貨十枚おおよそ千円。一本持ち上げて匂いを確かめる。炭火で焼いた肉は空腹に刺さる匂いだ。

串に刺してある肉は、子供でも頬張れる小さな焼売ほどの大きさ。その大きさの肉が串に五個刺してある。大きく口を開けて、火傷をしないようにかぶりついたらはふはふする。

「――うまっ」

噛みしめるほどに溢れる肉汁とでもいうのか？　それは肉のうまみなのか、脂のうまみなのかはわからない。ジビエの挑戦は未経験だったが、これがそうなのかもしれないと思えるほどに、野生味に溢れた香りと味。前に食べた地物の豚に似ているだろうか？

柔らかいだけでなく、筋切りも丁寧にしてある職人の仕事だ。楽に噛みきれるから、子供が食べても大丈夫だろう。これ一本が銅貨二枚なら、十分妥当な値段だと思える。ただ、味付けが塩味だけなのが残念。こちらでは、塩以外の調味料や香辛料は一般的でないのだろうか？

（……ふぅ。うまかった。腹が減ってるときは肉が最高だよな。そういや……）

先ほどの男性は精肉店の店主だった。彼に『冒険者ギルドで仕事を探すつもり、しばらくここに滞在する』と伝えると、いい宿を知っているからと紹介してもらった。

途中、着替えを数着買っておく。このままあの事務官補と同じものを着続けるのはさすがに嫌なものがあったからだ。湖沿いに歩いて、角から数えて一本目を曲がる。そこには宿屋街があって、看板が並んでいるとのこと。

（お、あったあった。うん、確かに読める。『宿屋ミレノア』って看板）

こちらの世界はあちらの世界と季節がずれているのか、かなり肌寒く感じる。おそらく夏も秋もとっくに過ぎていて、冬が近いのだろう。風が強めで冷え込んでいるからか、どこの宿もドアが閉められている。ドアを開けてこっそり中を覗くと、受付のようなところに突っ伏していた男性が声を出した。

「入るんですか？　入らないんですか？　そこ、開けたままだと寒いんですよ」

「入りますって。宿を借りたいんですけど」

「それはそれは――」

俺が入るなり態度を変える実に現金な男性。それでも背筋を正して受け答えをするのは彼もプロだと思った。

「私は『宿屋ミレノア』の受付から雑用を任されている、セテアスというものです」

「あ、はい。俺はタツマって言います」

「ありがとうございます。お名前はこちらの宿帳に記入してくださいね。あ、ちなみにミレノアというのは私の奥さんと同じ名前なんです。彼女のおかげで宿屋の主人という、悠々自適な受付生活ができている、ということなんですね」

（それじゃまるで昔の『髪結いの亭主』じゃないか。リア充め、爆発するといいわ……）

「ではご説明しますね。当宿は一泊素泊まりで銅貨三十五枚。三連泊ならお安くして銀貨一枚です」

「確かに少しだけ安くなるんですね」

「ありがとうございます。お酒は出せませんが、食事はこちらの食堂で私の奥さんが腕を振るった料理をご提供いたします。どの料理も銅貨十枚以上はしませんので安心してくださいね」

「あ、はい。それじゃとりあえず三日分で」

俺は銀貨一枚を取り出してセテアスに渡した。

「はい、ありがとうございます。こちらが鍵になりますね。三階の一番奥がお部屋になります。それではごゆっくりー」

機嫌良さそうに手を振って俺を見送るセテアス。裏表のないはっきりとした好感の持てる男だと思った。

とにかく色々ありすぎて疲れたから、酒を飲んで寝てしまいたいところだ。だがお茶を買っても酒は買い忘れた。ここは酒を出さないらしいから、どこかいいところがないか尋ねたところ、セテアスは何やら思いあたるような表情を見せた。

「ちょっと待っていてくださいね」

そう言うとセテアスは宿の外へと消えていく。……ややあって彼は、黒を基調とした執事寄りのバーテンダーのような装いをした男性を連れて戻ってくる。なんでもここ『宿屋ミレノア』と同じ系列の酒場らしい。そこの店主をセテアスが連れてきたということになる。

（セテアスさんってもしかして、こう見えて地域の実力者なんじゃや？）

俺は改めてセテアスを見直そうとした。俺の表情を読み取ったのか、酒場の店主はこう説明してくれた。

「ご安心ください。お客様の信頼を得るため、当店では秘密をお守りすることをおもてなしのひとつとさせていただいております」

その言葉を聞いて俺は、安心して彼の後ろをついていくことにした。『宿屋ミレノア』と同じ宿屋街の一角にある建物の二階に酒場はあった。

店主がドアを開けてくれる。俺が酒場に入ると、従業員らしき男性と女性が会釈をしてくれた。店内も暗すぎず明るすぎず、装飾も品がいい。従業員たちの制服も店主同様、清潔感があって好感が持てる。カウンターに座る客も、どことなく落ち着いた感じの人が多い。これなら酒を飲みつつゆったりとした時間を過ごせそうだ。

とりあえずカウンターに座る。革張りの椅子は少しだけ硬いが、座り心地は悪くない。店主にメニュー書きのようなものを見せてもらう。書かれている文字はあのタブレットもどきに表示されていたものと同じだからしっかり読める。

そこには簡単なルールのようなものが書いてある。その都度口頭で説明されるよりいいと思えた。

発泡酒と穀物酒、果実酒があるとのこと。一杯あたりの酒の価格はどれも同じ。おつまみは乾き物と果物など。実に簡素なメニューだった。俺が発泡酒を注文すると、店主は厨房(ちゅうぼう)と思われるカウンターの奥へ入っていった。

店主と入れ替わりに姿を現したのは年若い女性だった。おそらくは俺よりは若いだろうと思われる。カウンター越しに立つと俺の前にグラスを置き、酒を注いでから一拍置いて会釈をした。

「初めましてお客様。私はメサージャと申します。どうぞお召し上がりください」

彼女は丁寧な挨拶の後、飲むように促してくれる。それならばと俺は一口飲んだ。発泡酒というより微炭酸。甘みはないがコクはあるから発酵酒の一種なんだろう。発泡酒とあったからビール、またはエールのようなものだと思ってはいたのだが少々違っていた。だが俺的には嫌いではない味だ。

「その、……どういたしましょう?」

そういえばメニューに書いてあった。静かに飲むのもよし。話し相手になってほしいのなら、お酒を奢(おご)るのもよし。なるほど、『どうする』というのはそういう意味だ。

メサージャはやや困ったような表情をしている。もしかしたら、奢られるときに歩合のようなものが発生するのだろうか？　もしそうなら、少しでも貢献(こうけん)すべきなのだろう。

高校デビュー、社会人デビューならぬ異世界デビューの俺。ぼっち気質だったあちらの俺とは少し違った生き方をしてみるのもいいはずだ。落ち着いて受け答えをしようと思う。

「うん。お、奢らせてもらうよ」

（やば、噛んだ。噛んじゃったよ……。うん。笑われてはいないっぽい）

するとメサージャは安心したような表情になった。

「ありがとうございます。こちらでよろしいですか？　それともあちらの席になさいますか？」

メサージャが指し示した場所はボックスシートだろう。背筋を正して飲むこちらの席と違って、あちらは背もたれに寄りかかって座ることができる。それなら楽な姿勢で飲むのがいいに決まっている。

「あっちで」

「では、ご案内いたしますね」

移動する際につまみとして果物をお願いした。メサージャは俺の飲んでいたグラスを持ってきてくれる。そのまま座ると、メサージャは一度カウンターの裏へ。おそらくは自分の酒を取りに行ったのだろう。トレーの上にグラスと酒、果物を載せて戻ってきた彼女は機嫌が良さそうだ。

果物を俺の前に置いてお酒を置き、グラスを置こうとした際にそれは起きた。

「――痛っ！」

何があったか、メサージャはグラスを落としてしまう。ガラス製だったのか派手な音を立てて割れてしまった。慌てて破片を拾いあげようとするのだが、その際また『ぁいたっ』と口に漏らす。何やら指先を切ってしまったようだ。

「申し訳ございません」

店主がやってくると、割れたグラスの後始末をしてくれる。メサージャは一度カウンターの裏へ行くと、グラスを替えて戻ってきた。

「本当にごめんなさい……」

グラスに自分の酒を注いでいる。いくら怪我をしたからといって、俺が奢った酒を飲まないわけにはいかないのだろう。切ってしまった指には、一センチくらいの幅がある細い包帯のようなものを巻いていた。改めて見ると痛々しい。

「ありがとうございます」

グラスを持ち上げて乾杯の仕草。二口ほど飲むと、メサージャは大きく息をついた。

「はぁ、今夜最初のお酒なので本当に美味(おい)しいです」

なるほど。奢ってもらえないと飲めない仕事なのだろう。メサージャが飲む酒は果実酒で酒精(アルコール)が案外強いとのこと。要はアルコール度数がそれなりにあるらしい。強い酒が回ってきたのか、メサージャの頬がすぐに桜色に染まっていく。すると眉を寄せて、指先をさすっているではないか？

酒の影響もあって、先ほどの切り傷がじくじく痛むのだろう。

切り傷などを負ったあとは酒は控えるべきだと何かで見た覚えがある。ただ、怪我をする前に飲むつもりだった誘惑が上回るのは酒飲みとして仕方のないことだ。

「あのさ」

「はい、なんでしょう？」

「ここは『秘密を守って』くれるんだよね？」

「……はい。そうです」

「それならいいか。ちょっと手、いい？」

俺も酒が入っているからか、噛まずに受け答えができているようだ。酒が入らないと女性に対して落ち着いて対応できないのも、案外情けない話だ。

メサージャはおずおずと怪我をした手を差し出す。

「面白いものではありませんよ？」

（なんだろうこの、指先の黒ずみ。ま、いいか。とりあえず俺以外でも魔法が効くかどうかの検証は大事なことだよ、うんうん）

「わかっているさ。これからのことは、秘密で頼むよ」

俺はそう言って人差し指を口元に持っていった。これがこちらの世界でも、『秘密』という仕草かどうかはわからないが。

「『リカバー（初級回復呪文）』」

俺は、聞こえるか聞こえないかくらいの大きさで呪文を唱える。すると、眉間に皺（しわ）がよるほど痛がっていたメサージャの表情が、穏やかなものに変わっていく。

「あれ？　痛く、ないです。……どうして？」

手品を披露するように指先に巻いてあった布をほどいてみせる。するとそこにあったはずの切り傷がなくなっていた。だが、黒ずみは残っている。これは怪我とは関係ないものなのかもしれない。

『俺はね、こう見えても魔法使いなんだ』

小さな声でそう戯（おど）けてみせた。漫画やラノベのワンシーンにありそうな、一度は言ってみたかった台詞（せりふ）のひとつでもあるわけだ。

「……嘘、みたいです」

メサージャが言うには、回復属性を持つ人を見たのは初めてらしい。もちろん、魔法をかけてもらうのも生まれて初めて。

（ちょっと待って、それって何かおかしくないかい？　確かそんなに珍しいものじゃないって……）

「ところでさ、この黒いのって？」

メサージャは、俺が言わんとしていることを察してくれたようだ。

「お客様は何とお呼びしたらよろしいですか？」

「タツマでいいよ」

「はい。タツマ様はその、南からいらしたのですね？」

「まぁそうとも、……言えなくもないんだけどね」

「やはりそうだったのですね――」

この黒ずみは、こちらでは一番有名な風土病の一種で悪素毒（おそどく）と言われている、悪素が蓄積してできたもの。風呂に入ったり酒を飲んだりして血行がよくなると鈍痛が出てくる。長い間蓄積が続くと、人によっては命の危険性もあるのだという。

（なるほどね。あの女性事務官さんの話に矛盾はないわけだ）

この国より北へ行けば行くほどその影響は強いとされている。俺が来たと思われている南側はここほど悪素による汚染が進んでいないらしい。

回復属性の加護を持っている魔法使いは、基本的には神殿にしかいないらしい。悪素毒の治療ができるかもしれないと噂はあるが、最低でも大銀貨が必要なくらい高額な寄付をしないと怪我の治療すらしてもらえない。可能性だけで頼めるほど、庶民には安いものではないとのことだった。

（なるほどなぁ。王家だか神殿だか知らないけど、あっち側にはそれなりの人数がいた。だから珍しくないってことだったのかもだな。てことはあれか、あの事務官補（やろう）は庶民じゃないってことか？
俺のこと下民って言ってたし……）

それはただの思いつきであり、あの男の主張に対する反論みたいなものだった。

「あのさ、嫌だったら断ってもいいんだけどさ。俺に協力する気はないかな？」

「協力、ですか？」

「俺はね、故郷で怪我の治療をする回復魔法の使い手だったんだ。ただちょっとしたいざこざがあったから、嫌になって飛び出てきちゃったんだ」

俺はメサージャにある提案をする。要は、彼女の身体を使った検証作業、平たく言えば回復魔法の人体実験だ。もしかしたら悪素毒を和らげることが可能かもしれない。そういう魔法が使えるようになっていたが、それは俺自身で検証ができない代物だったから。

「ここまではっきりとした悪素毒は初めて見るんだけど、もしかしたら力になれるかもしれない。……けどね、お酒を抜かなきゃ色々と自信がないんだ。加減が難しいからね」

「は、はい」

俺は滞在している宿の名前を伝えた。この酒場と同じグループだから知っているとのこと。明日の夜はここに出勤していない上に、一日休みとのことだ。

「それならさ、明日の夜に来てくれる？　セテアスさんには言っておくから。そうだね、食堂の隅でも借りようかな」

「……はい。よろしくお願いします」

「それは俺の台詞。こっちがお願いしているんだからね」

約束を取り付けたあと、ほどほどに飲んで退店。セテアスに明日の夜に来客があるから、その際は食堂の一角を使わせてほしいと伝える。ベッドに倒れ込むと大の字になって天井を見上げた。

「そういえばさ、今日もインして打ち合わせする約束だったんだよな。あいつ、どうしてるだろ？　ほんっと、悪いことしたな……」

あちらの世界、『リアースファンタジア』に残してきた俺の相棒。気を失っていたから時間の経過は定かではないが、本当なら昨夜か今夜あいつと約束をしていた。時間に遅れることはあっても、約束を破ることなんて一度もなかった。ヴァーチャル空間とはいえ、もう逢うことすら叶わない。そう思うと俺は申し訳ないような、寂しいような、喪失感にも似た何かを感じていた。酒の力を借りなければきっと、眠ることすらできなかっただろう。

酒は百薬の長。昔の人はよく言ったものだ。目覚めぱっちり、ぐっすり眠ることができた。

「タツマ様、おはようございます。昨夜はお楽しみでしたね？」

「なんだそれ？　ま、楽しかったのは認めるよ。あ、昨日お願いしたことだけどさ」

「はい。確か今夜でしたよね？」

「うん。頼むね」

俺が頼んでおいたことの再確認だった。セテアスはこのあたり、仕事が丁寧だからとても助かる。

「お任せください」

朝食はここの食堂でとらせてもらった。薄味だが実にうまい料理だった。串焼き屋もそうだったが、この国ではどの店も薄味が主流なのかもしれない。俺にはそれだけが残念に感じる部分だった。

食事のあとはあれこれ買い出しに出る。タオルなどの日用品からお酒までごっそりと購入しておく。あちらの世界のように、歯磨きに歯ブラシが使われるだけでなく、歯磨き粉と思われるものまであるのは助かった。買い物も一段落して、昼食は適当に外で食べることにした。やはり薄味で、どこでも同じなんだろうと諦める。

夕食を食堂で食べて部屋で寝転がっている。本来なら冒険者ギルドに行くつもりだったが、メサージャが来る予定だから明日以降に予定を変更した。俺は暇つぶしになるかと思い、『個人情報表示謎システム』の項目を隅々まで確認していた。数値は十六進数なのに、年齢だけ十進数だったり。『リアースファンタジア』と類似点はあるが、初めて見る項目もそれなりにあった。

システム上の時間が二十時半を回ったあたりだった。ドアをノックする音に気づいて開けて確認するべく手を伸ばすと、その向こうからセテアスの声が聞こえてくる。

『タツマ様、よろしいですか？』

「はいはい」

俺はドアの鍵を開けたんだ。するとドアが薄く開いて、こちらを覗き込むセテアスの姿があった。顔が半分しか見えないが、何やら怪訝（けげん）そうな表情をしている。

「お客様がですね、いらしたんですがその、……何かやらかしたんです？」

「身に覚えはないんだけどなぁ。セテアスさんはさ、俺があちこちで問題を起こすようなヤツだと思っていたりするわけ？」

「いえ別に、そういうわけではないんですけどね……」

セテアスは来客が食堂で待っていることを告げると、とぼとぼと戻っていく。何かあったんだろうかと俺は首を傾げてしまう。

さっそく歯を磨いて準備をする。

(匂いオッケー、身だしなみオッケー。よし、とりあえずいつも通りだ)

部屋を出て階段を降り、怪訝そうにこちらを見るセテアスの前で立ち止まる。

「セテアスさん。今からここで起きることは口外しないでくれる？」

「わかりましたよ。聞き耳は立てません。入り口はきっちり閉めておきます。うちの奥さんも仕事を終えて部屋にいますので厨房寄りにいたら何も聞こえませんからね」

「そういや奥さんいたんだっけ……」

「いいでしょう？　あげませんよ？」

「……くっ」

いわゆる『ドヤ顔』に近い笑みを浮かべるセテアスの前を通り過ぎ、食堂のドアを開けた。俺が入ってドアを閉めたのを確認したのだろう。外から鍵がかかる音が聞こえた。

厨房側の一番奥にある席に座っていた女性がこちらを振り返る。私服だったが間違いなく昨晩お酒の相手をしてもらったメサージャだった。

「こんばんは」

「はい、こんばんは。さて、早速ですまないんだけど覚悟はいいのかな？」

「覚悟もなにも、お任せいたします」

「まぁなんだ。これまではさ、擦り傷切り傷、手首足首を捻ったヤツとか。そういうのしか治したことがなかったんだ。俺はそもそも、悪素なんて噂話でしか知らなかった。まさかここまでのものとは思っていかなったからね……」

「そうなんですね」

「かといって、この国の神殿にいるっていう俺と同じ回復属性の加護持ってるヤツらがさ、金を取らないと治せないなんて正直ないわ。だってさ、俺、故郷ではね物々交換でやってたんだよ？　治療一回で野菜五個とか、串焼き五本とかね」

「……はい？」

「魔素なんてのは寝てたら回復するもんだ。それなのになんで高額な寄付が必要なのさ？　そりゃ無料（タダ）でやっちゃぁお腹は膨れない。けど、取りすぎはどうだろうと思うんだよね」

「そうなんですか」

「俺は悪素なんてよくわからない。それでも悪素毒って言うくらいだからさ、回復属性持ってる俺だから、なんとなぁく思い当たる節があっただけの話。そりゃレベルが低いから大したことはできないと思うよ？　俺も生まれて初めてやることなんだ。だからこれからやることは、あくまでも検証作業、人体実験みたいなものだよ。……もしさ、駄目だとしても恨まないでくれるかな？」

「大丈夫ですよ」

「最後にこれも重要。……万が一ね、これが治ってしまったとしても、それはそれで黙っていてほしいんだ」

「なぜです？　それこそ困っている人が……」

「だってほら。もし俺がそんなことやらかしてしまったら、この国を治めている人に『あんた無能だよ』と言ってるようなものでしょ？　それこそ命がいくつあっても足りやしないんだわ」

俺は右手をひらひらとさせて、わざと戯けて言ってみせる。

「……わかりました。それでももし、治ったら嬉しいですね」

「そうだね。だから俺、頑張ってみるよ」

俺がテーブルの上に両手を出すと、メサージャは右手をそっと乗せてくれる。こうすると、俺にも彼女にも、悪素毒の黒ずみがよく見えている。続けて頭の中で『個人情報表示謎システム』を出すように念じる。画面を出したままで準備完了。

悪素というだけでは正直ピンとこなかった。だが悪素毒というなら話は別だ。『リアースファンタジア』ではスキル上げくらいにしか使い道がなかった魔法でも、この状況ならば試す価値が十分あるだろう。

重ねられたメサージャの手に向かって、俺は口の中で呟くように呪文を唱えた。

「『デトキシ（解毒呪文）』、……お？」

「あ……」

悪素毒の進行具合は元々爪の生え際までだった。実際は髪の毛一本分くらいだったはずだ。俺もメサージャも食い入るように見ていたからか、わずかに悪素毒のラインが後退しただけで効果があったように思えた。続けて『デトキシ』を重ねるとようやく目に見えて効果が現れ始めた。レベルが足りないからなのだろうか？　一ミリほど後退させるのに、魔素の総量から一割くらい減ってしまっている。

魔素の残量を確認しつつ『デトキシ』を重ねていく。たまたま気まぐれに『リカバー』を挟んでみたところ、解毒の効率が上がるということに気づいた。検証作業なのだから、なんでもやってみることが大事だと思った。

試行回数は何度目だっただろう？　魔素が枯渇手前で間に合ったのは助かった。おかげでメサージャの指先に悪素毒の黒ずみは目視で確認できないほどになっていた。

「あの、さ」

「はいっ」

「しーっ」

俺は『静かに』という仕草で指先を自分の口に当てる。

「あ、すみません……」

目元に涙をためて嬉しそうな表情しているのだから仕方ないのはわかっている。足の指先にも症状が出ているると昨日話に聞いたから、忘れずに確認してもらった。後ろを向いていたメサージャがこちらを振り向いたときの表情から、答えを聞かなくても十分に理解できた。

おおよそ一時間と少しかけて、彼女の悪素毒は治療ができてしまったわけだ。もちろん、魔素が枯渇寸前だったことで、『簡単な治療ではなかった』ということも理解してもらった。

「悪素自体の原因がはっきりしないならさ、これで完治したわけじゃないと思うんだ。再発することも十分考えられる。だから、気をつけておいてほしい」

「はいっ」

「最初に話した通りね、俺がこうして、悪素毒の治療が可能なことは内緒にしてほしいんだ」

「……やはり駄目なんですか？」

「そりゃね。俺がもし、こんなことができるなんて知られたらさ、どこかの権力者が飼い殺しにするか、それこそ命の危険まで考えられるんだ」

「あ、……そういうことですね」

「そういうこと。もしそうなったとしたら、俺はこの国から逃げ出さなきゃならない」

「そう、ですよね……」

これだけ言えば理解してもらえたと思う。駄目ならそのときはそのときだ。やってしまったからには、最悪のケースも考えて行動すべきなのだろう。

「そしたらさ、お酒と風呂だっけ？」

「はいっ」

「確認しておいてくれるかな？」

「わかりました」

「明日は出勤するんだっけ？」

「いえその、昨夜お教えした通り、毎日ではありませんから」

「あ、そうだっけ」

「それでその、……私はどうしたらいいですか？」

メサージャの言う『どう』というのはこれからの対策のことか？　何をどうすれば『悪素毒から逃る為には』という意味なのだろうか？

「どう、というと何を？」

「いえ、私はどのように、お返しをしたらいいのか、……と思ってしまったんです」

(あー、そういうことか。俺は神殿を批判しちゃってるし。対価がわからないってことだよね？)

「んー、それならさ、これで？」

俺はメサージャの前に手の指五本を開いて見せる。

「銀貨、いえ、大銀貨五枚ということでしょうか？　貯蓄がありますからその、なんとかお支払いは――」

「いやいやいやいや違うから」

「はい？」

「報酬は串焼き五本分、銅貨十枚でどうかな？　銅貨だけに」

「……はい？」

「あれ？　銅貨にどうかをかけたんだけど面白くなかった？　それとも対価のほうかな？　もう少し安くするべきだった？」

「いえ、それでは破格どころの話ではないと思います」

「あ、そういうことかー。でもさ俺、昨日話した通り、別にお金が欲しくてやったわけじゃないし。検証作業、人体実験だって言ったでしょ？　単に、知識欲を満たすためにやったことなんだ」

「ですが……」

「串焼き五本も食べたら腹は膨れるし、酒のつまみとしても十分すぎる。お金は減ってないし、物も消費していない。減ったのは俺が使った魔素だけ。そんなの腹一杯食べて寝たら朝、回復してるんだよ。違うかな？」

「それでよければ、私も助かります。ですがその――」

「まだ聞いてないんだけど」

「……あ、その、ありがとう、ございます」

「うん。俺にはそれが一番嬉しいかな？　じゃ、銅貨十枚いただきますかね、金（かね）だけに」

「あの、今細かいのがなくて」

「そりゃそうか。俺もおつりをあげるには、細かいのが足りないかも。それならここの受付、セテアスさんに渡してくれたらいいよ。……あ、そうそう」

「なんですか？」

「多かったら受け取らない。セテアスさんに返してもらうようにお願いするからね？」

「わかり、ました。それでそのタツマさん」

「ん？」

「明日からはどうされるのですか？」

「あーそうだね。起きたらとりあえず、冒険者ギルドだっけ？　そこに行って仕事を探そうと思っているよ。一応、ここで腰を落ち着けるつもりでいるからね」

「そうなんですね。わかりました」

「うん、それじゃ、気をつけて帰ってね？」

「はい。ほんとうにお世話になりました」

俺は表にいるセテアスに声をかけてドアを開けてもらった。メサージャは何度も振り返っては頭を下げて、俺が『もういいから』と手で合図を出すまで続けて、やっと帰っていった。

「ほんとうに、何をされていたんでしょうね？」

「あのねぇ。ちょっとした調べ物だって。それじゃ、帰って寝るからさ」

俺は冗談を言いたそうにしているセテアスに、後ろ手をひらひらとさせながら部屋へ戻っていく。

【裏話：ふとっちょな男の場合 ～私にだってこれくらいはできるんだ～】

両手で抱えられるほどの大きさがある陶器製の水瓶。隣にはそれよりやや小さめのものが並んでいる。両方に入っているのは何かの液体、おそらく水だと思われる。

大きな水瓶に入っていた金属製で棒状の水温計に似たもの。水の中から引き出されたそれには、先端に小指の幅ほどの何かが確認できる。その部分は赤く染まっていた。

小さめの水瓶から引き出された棒状のものにも同じ部位が確認できるが、先端は持ち手の鈍色のままで赤い色は確認できない。

「――なるほどな。魔道具より高い効果があるとは驚いた。まさに勇者様々だな。此度のものは陛下へ献上し、明日は我が家のものを清めさせるとしよう」

「かしこまりました」

「ところで父上の容態はどうなのか？　まだ目を覚まさんのか？」

「そうで、ございますね。神殿より良い知らせが届いていません故……」

「そうなのか。私にはまだわからぬことが多すぎる。父上が書き留めたこの魔道具の使い方ですら、理解するのに数日かかった。これ以上面倒なことにならねばよいのだが――」

第二章◇串焼き五本分銅貨十枚。

朝になり、目を覚ましてすぐ『個人情報表示謎システム』を投影させて時間を確認した。そのとき最初に目に入ったのが加護の欄。回復属性のレベルが上がっていた。

1F(いちえふ)から20(にぜろ)に変化したということは、間違いない。十六進数で20、十進数に直すと32だ。

(あれでレベルアップとか、まじですかー)

朝風呂に入って、着替えて食堂へ。途中、セテアスに『昨夜はお楽しみでしたね』と軽口を叩(たた)かれる。もちろん俺は『はいはい』という感じで適当にあしらいながら食堂のドアをくぐる。

食事を終えると『宿屋ミレノア』を出て、俺は冒険者ギルドを目指して歩いている。セテアスに道順を聞いたのだが『とにかく目立つので、湖沿いの表通りを行けば大丈夫です』と言われた。

「確かえっと、赤茶色したモザイク柄の壁が目印だっけか？　あ、これかー」

これは目立つ。あちらの世界で見た異人館街にある建物のようなレンガ色のモザイク壁。ここに来るまで見てきた他の建物には同じものがない。おそらくこのレンガに似た建材自体が高価なのかもしれない。表に『冒険者ギルド』の看板はないが、誰が見てもここがそうだと主張していた。

地味だが暖かそうな外套(がいとう)。デニムとは違うが丈夫そうな生地の長袖に、カーゴパンツに似ているが膝上にポケットのないズボン。町中では履きそうもない踝(くるぶし)を覆う丈の何革製(なにがわせい)なのかわからない革長靴(ブーツ)。男性だろうが女性だろうが、冒険者だと思われる人たちは似たような服装をしている。

漫画等にあるミニスカートに生足でブーツのような女性冒険者は皆無。ここが俺たちで言うところの異世界だからといって、すべてがファンタジー要素を帯びているわけではなかった。ただ俺が知る現実と違うのは、街中でも剣やナイフなどが明けひろげに所持されているということだ。

出入り口のドアは開け放たれていて、数人の冒険者らしき者たちが出入りするのを見かける。

(あれが冒険者ギルドってやつかー。やっぱり異世界感あるな)

異世界のギルドデビューだ。『リアースファンタジア』に行けなくなった代わりに、こんなに胸をときめかせる場所があるのだから十分に堪能させてもらおう、俺はそう思ったわけだ。

ギルドの建物に入ってみた。丁寧に組まれた石材の床。フローリング材みたいな組み木の壁。これはもう『趣味の世界』と言えるほど手間暇と同時に、それなりの予算がかかっている玄関ホール。まるで博物館か、それともホテルのホールかというくらいのグレードだった。

俺はそれなり以上に異世界系の物語を読んできた。もちろんあの『リアースファンタジア』にもギルドはあった。だからある意味ド素人ではないことを自認している。

向かいの一番奥にあるのは受付を含めた様々なカウンターだろう。左の壁には依頼書と思われるものが数多く貼り付けられている。魔法という技術体系があったとして、一昨日訪れた酒場のメニューも手書きだったことから、印刷というものはまだこの国では一般的ではないようだ。だから依頼書も手書きなのは頷ける。

(まずは最初のクエスト、『はじめての冒険者登録』だよな？　そのためには受付カウンターに行かないと駄目だ。ランクとかあるのかな？　それとも等級なのかな？　どちらにしても楽しみで仕

方ないよ。さてと）

　俺は迷いなくカウンター前にいた女性の前に立ち止まった。

「いらっしゃいませ。冒険者ギルド、ダイオラーデン支部へようこそ」

（ここはファミレスですかっ！）

　そう、危うくツッコミを入れそうになるほど、手首の仕草から声のトーン、なにからなにまでファミレスチックだ。ただここで俺はある違和感に気づく。

「……あれ？　どこかで会いませ――」

「初めまして、私は受付の『ジュエリーヌ』と申します。本日はどのようなご用件になりますでしょうか？」

「んっと確か、メサ――」

「すみません、受付ちょっとお願いします。新規登録の説明行ってきますね」

　昨日ぶりなはずのメサージャはジュエリーヌと名乗っていた。彼女は右側にある出入り口からカウンターの外へ慌てて出てくると、そのまた右側にあるドアを開けて入っていく。そこは小さな部屋で、室内には右奥にベッドが、左側には机を挟んで椅子が二つ置いてある。壁にある棚には怪我をしたときに巻く包帯のような布が様々な幅で準備されている。ここはさながら保健室、いやおそらくは治療室のような場所なのだろう。

　メサージャは保険の先生が座るような机の奥にある椅子に腰掛けると、俺にも座るように促す。

　彼女が指さした胸元には名札があり、そこには俺にも読める文字で『ジュエリーヌ』と書かれていた。

「あのですね。私の名前はジュエリーヌ。あちらにいたのは、数日に一度の私なんです。おわかりですか？」

「なるほどこっちが本業、あっちは副業。あの名前は源氏名みたいなものか」

「源氏名が何かはわかりませんが、そうなんです。副業なんです。あちらの私も私ですけど、こっちが本当の私なんです」

「はいはい。おちついておちついて」

「……はい。すみませんでした」

なんでも彼女の給金はすべて家族のために使っている。そのため昼の仕事だけでは余裕がないこともあり、同じ系列であるあの酒場で数日に一度勤務をしているらしい。

「そういうことだったんだ、うん、納得した。それでさ、俺も昨日話した通りこっちで仕事を探すつもりなんだよね。空間属性を持っているからさ、商人見習いみたいな仕事を紹介してくれたらと思って、登録に来たというわけなんだよね」

「もちろん、タツマさんの登録も、お仕事を紹介することはなにも問題ありません。ですがその前に、お願いがあるんです」

「別に構わないけど、どこかまた怪我でもした？」

「そうじゃなくてですね、その、こちらの支配人に会ってほしいんです」

「支配人？」

「はい。ここで一番偉い人です」

(冒険者ギルドで一番偉い人っていうと、ギルドマスターのことだよね？)

「なんでまた？」

「あれから家に帰って、お風呂に入ってふと、思ったんです」

「うん」

「擦(こす)れると痛いから着けていた手袋を、もう痛くないからと家族の前で外せなかったんです。その理由(わけ)はこの白く戻った指先を見られてしまったら、説明ができないからですね。確かに私も望んで治療をしてもらいました。ですがタツマさんと交わした約束を守るために、いつまでこの指先を隠し続ける必要があるのか？　それを考えると私は、これまで通りの生活を続けていける自信が正直ありません……」

「あー、そういうことか」

「はい。眠れないほどに悩んでしまってもう、私一人では抱えきれないと思ったんですね」

「そこまでは考えてなかったよ。なんか、悪いことしたね。そかそか、どっちにしても『本来ならとても珍しい』回復属性持ちだってバレるわけだから、いつか偉い人に呼ばれることもあるわけだ。それなら王城(あっち)よりは冒険者ギルド(ここ)で事情をわかってもらっていたほうが得策かもしれないんだね」

「はい。そう思っていただけたなら助かります」

「うん。なら会うよ」

「ありがとうございます」

俺たちは部屋を出て、カウンターを迂回して逆側のドアを開け、階段を上っていく。通路の突き当たりでジュエリーヌは足を止め、ドアをノックする。

「ジュエリーヌです」

『入ってもらって構わないよ』

ドアの向こうから落ち着いた感じの女性の声が返ってきた。メサージャ、ややこしくなるのでここはジュエリーヌとする。彼女は目の前のドアを開けた。

「失礼いたします」

広い部屋に比較的大きな窓がある。右側にソファーらしき椅子とテーブル。奥には横幅が二メートルはある机。その机を挟んで椅子に座ってこっちを見ている、俺より年上に見える落ち着いた感じの女性。

ジュエリーヌがソファーに座るよう促すので俺は素直に座ることにした。奥へ座る女性に一度会釈をしてジュエリーヌは退席し、お茶を持ってすぐに戻ってくると俺の右向かいの壁際に座った。

ややあって、ジュエリーヌの上司と思われる女性が俺の前にやってきて座る。彼女は布製の手袋をしていた。おそらくは、悪素毒の影響なのだろうと俺は思う。

「初めまして。私はこのギルド支部を預からせてもらっている支配人のリズレイリアというものだよ。ジュエリーヌからそれとなく話は聞いている。わざわざ足を運んでもらって申し訳なかったね」

そう言って会釈以上の勢いで頭を低くする彼女は、支配人というからにはここで一番偉い人のはず。だがいきなりこれでは俺も困ってしまう。

「そんな、お願いですから頭を上げてください。それでえーと、支配人さんはその、俺のことをどこまでご存じなんでしょう？」

リズレイリアに視線を移すと、なんとか頭を上げてくれたようで助かった。

「そうだね。なんでもこの国ではとても珍しい回復属性を持っているとか？　それもかなりの使い手かもしれないなんていう、途方もない話なんだけどね」

ジュエリーヌは手を合わせて『ごめんなさい』をしている。この世界でもこの仕草があるのは少々驚きであった。

「なるほど、そういうことだったんですね」

ここはリズレイリアの顔を立てて怒らないことにするしかないだろう。

「この子を責めないでやってくれるかい？　ダイオラーデンではね、回復属性を持っている者は、神殿以外に存在しないという建前があるんだよ」

「あ、それってまさか、『かなり高額な寄付をしないと怪我の治療すらしてもらえない』とかいう噂と関係あったりするんですか？」

「なかなか鋭いね。神殿で神官や巫女の職に就くか、そうでなければ貴族の家で使用人として雇われるのがごく普通なことなんだ。だからよく入国審査を素通りできたものだね？」

(回復属性持ちって、ひとつ間違えたら飼い殺しまであったわけだ……。あの事務官補に嫌われていたおかげで放り出されて結果オーライ、ある意味助かったのかもだな)

珍しくはないというのは本当なのだろう。ただ、不特定多数ではなく決まった場所にいるからそう思っている者もいる。そういうことなのかもしれない。

「はい。運が良かったのかもしれませんね」

「そうかいそうかい。本当によかった。この国の王家や貴族連中はあまり良い話を聞かないものだからね……」

リズレイリアの表情からそれは冗談ではないことが見て取れる。女性事務官のように『まともな者もいる』だけなのかもしれない。そういう意味では俺は運が良かったのだろう。

「ところでだね。その、何とお呼びしたらいいものかな？」

「俺ですか？　俺はタツマで構いません」

「ありがとう、……ところでタツマ殿は、どれだけのことができるのかな？　私は回復属性を持つ者と関わったことがないものだから、ね」

俺はどうするべきか考える。ふとジュエリーヌを見ると、何度何度も頭を下げようとしている。

そういえば彼女はもう一杯一杯だと言っていた。それなら仕方ないかと思う部分もある。

「ところでこの冒険者ギルドは、これから打ち明ける『秘密を守ってくれる』んですよね？」

「あぁもちろんだよ。冒険者ギルドの存在にかけて誓わせてもらうから、安心してほしい。これでいいのかい？」

「そこまで言っていただけるのなら、いいでしょう。ジュエリーヌさん、手を見せてあげてください」

「はいっ、これ、これなんです支配人」

ジュエリーヌは手袋を外してぐるりと回しながら指先を見せる。

「……こ、これはどうしたことだね？　夢でも見ているんだろうかねぇ……」

リズレイリアはこの世のものとは思えない現象を見ているかのような、まるで子供が何かもの凄いものを見て驚いているかのような表情をしている。

「お風呂に入って温めても、お酒を飲んでもぜんぜん、……痛くないんです。もう、痛くないんです」

「そうかい。これが本当ならば、世界が根底から変わってしまうかも、しれないね……」

まだ若干の疑い、というより信じ切れていない部分があるのだろう。それならばと俺は信じてもらうことにした。

「それならですね、見ていただくのが一番早いかと思います」

俺は『個人情報表示謎システム』を頭の中で呼び出して目の前に投影させた。魔素の総量はこれっぽっちも減っていない。一晩寝て回復したみたいだ。

「リズレイリアさん。手を、いいですか？」

俺はテーブルを挟んでリズレイリアの前に手を差し伸べた。どうするべきか考えている彼女の手袋を、ジュエリーヌがそっと外して俺に見えるようにしてくれた。

「あぁ、なるほどこれは酷い。彼女よりもかなり進んでる。痛い、んですよね？」

リズレイリアの指を見たら明らかだ。悪素毒の浸食は第一関節にまで至っている。

「長年患っているからね。痛み止めを気休め程度に飲んではいるけれど、我慢するのはもう慣れたものだよ」

まるで慢性的な腰痛などを我慢しているかのような言い草に聞こえる。ジュエリーヌの話から察するに、そういうものではないだろう。

「『リカ――』いや、『ミドル・リカバー（中級回復呪文）』」

口の中で呟（つぶや）くようにそう唱えると、間違いなく呪文は発動した。魔素が減っているのが証拠だ。

俺はそのまま黒くなっている指先をぎゅっと強く押してみた。

「どうですか？　痛みを感じますか？」

「……これはどういうことなんだい？　十年、いや二十年連れ添ったはずなのに全く、痛くないんだよ」

リズレイリアは驚いていた。おそらく彼女も、回復魔法を受けるのは言葉通り初めてなんだろう。

「驚くのはまだ早いです。これからですよ。『デトキシ（解毒呪文）』、『デトキシ』、『リカバー（初級回復呪文）』、『デトキシ』……」

俺はジュエリーヌの治療の際に気づいた、『デトキシ』三回『リカバー』一回の効率良い方法を忘れていない。回復属性のレベルが上がっているから魔法の効果も上がっている。同時に魔素の総量も増えている。ジュエリーヌの倍近い悪素毒の浸食でも、魔素が三割程度減ったくらいでなんとかなったみたいだ。

「メサ――いえ、ジュエリーヌさん」

危うくメサージャと呼んでしまうところだった。ジュエリーヌにも焦りの表情が見える。

「は、はいっ」

「お湯を持ってきてもらえますか？」

「はいっ」

リズレイリアはしばらくの間、己の指を眺めて絶句していた。それこそ長年取り憑かれた貧乏神のような悪素毒が、一時的とはいえ姿を消したのだから仕方のないことだろう。

ドアが再び開いて、ジュエリーヌはリズレイリアの前にそっと置いた桶らしき容器に湯気が立ち昇るほど熱めのお湯を入れてくれたようだ。

「これ、ちゃんと温度調整してきた？　熱湯じゃないでしょ？」

「だ、大丈夫ですよっ」

「それならいいけど。さ、リズレイリアさん。このお湯で手を温めてもらえますか？」

「あぁ、……わか——おぉ、なんとも懐かしい感覚だよ。もう何年も湯に浸かるなんてできなかったからね。温まるとね、痛みが酷くなってそれどころではなくなってしまうから……」

リズレイリアの表情はまるで、温泉に浸かった人のようなリラックスしたものに似ている。

(そういやこの部屋もあまり暖かくないな。もしかしたら、部屋を暖めるのも駄目だとか言わないよな？　そうだとしたらこの闇、かなり深いのかもしれないぞ……)

「ジュエリーヌさん、今のうちに」

いくらリズレイリアがスカートではなかったとしても、男の俺が確認するわけにはいかない。

「はい、足の指ですね？」

「はいはい」

リズレイリアの声は、ここを訪れたときよりも穏やかな感じだった。

「大丈夫だと思います。私と同じですから」

「それならよかった」

「タツマ様」

「え？　いやちょっとそういう呼び方やめてくださいって。ほら、前のままで構いませんから」

「それならそうさせてもらおうかね。ところでタツマ殿、あなたはいったい何者なんだい？　私はね、正直言えばこれでもそれなりにこの国の事情を知っている。だからこそ、ここまでの使い手は見たことがないんだよ」

リズレイリアはやや怪訝(けげん)そうに俺を見る。それはそうだろう。冒険者ギルドの支配人はいわばラノベなどで言うところのギルドマスターだ。そんなに偉い人が、界隈(かいわい)の事情を知らないということはあり得ない。

「そうですね。ちょっとしたトラブルで故郷を追われた、ただの回復魔法使い——いえ、聖職者くずれとでも言えばいいですかね？　もちろん、この国の神殿には一切関わりがありませんよ」

俺は両肩をすくめるようにオーバーアクションをしつつそう答えた。

（『リアースファンタジア』で俺レベルの回復魔法使いだと称号が『聖職者』なんだよ。だからあながち間違っちゃいないでしょ）

そこからこの国の、いや、この世界の闇に近い話を知ることになった。悪素毒でどれだけの人が亡くなっているか。この城下の人々、この世界にいる人々がどれだけの危険にさらされているのか。

「タツマ殿」

「あ、はい」

「あなたの身元はもちろん、その魔法もできる限り秘匿することを約束させてもらうよ。その代わりに――」

「いいですよ。俺にできるかぎりのことをするつもりです。知ってしまった以上もう、見て見ぬふりはできませんから」

「ありがとう。……ところでタツマ殿は今、どこへ宿泊されているのかな？」

「はい。セテアスさんのいる宿ですね」

俺より先にジュエリーヌが答える。セテアスのところ、要は『宿屋ミレノア』のことだ。

「なるほど、それは都合がいい。あれはね、タツマ殿」

「はい？」

「私の甥なんだよ。あれの亡くなった母親が、私の姉だったものでね」

「まじですかー」

セテアスを『あれ』と呼んでいる。甥と叔母の関係だから『宿屋ミレノア』と『冒険者ギルド』もまた関係している。なるほどそういう意味だったわけだ。ちなみに、セテアスの父親も悪素毒で亡くなっているということだ。

リズレイリアは今、四十二歳とのこと。俺より一回り弱上なわけだ。それが数年前に姉夫婦が亡くなっているということは、四十代から五十代だったということになる。聞くとジュエリーヌの父親も同じように亡くなっているそうだ。悪素毒という深い闇が見えてきたことで、俺にはやらなければならないことができてしまった。

俺の就職先と待遇はあっさりと決まった。宿の料金、食事の料金、酒場の料金すべてギルド持ち。おまけに毎週報酬をもらえるとのことだ。仕事を探しに来てここまで待遇の良いホワイトな職場に出会えるとは思っていなかった。

このあと、ギルドの救護室が俺に貸し与えられた。明後日からここでできる限りの悪素毒治療を行う予定だ。その前にジュエリーヌがギルドカードを作りたいからと、見覚えのある魔道具を持ってくる。恐る恐る触ると、回復属性のレベルが2と表示された。もちろん、年齢は三十一。年齢だけ十進数なのは王城にあったものと同じ仕様なのかもしれない。

明後日からの予行演習として、ギルド職員の悪素毒治療をできる限り行っていく。リズレイリアより酷い状態の人がいなかったのは幸いだった。

俺はギルドの受付で売られている瓶に入ったお茶があると教えてもらったので、ひとつだけ買って飲んで効能を試していた。

「これ、便利ですね」

「冒険者さんの間では人気商品なんです。ただ、それなりの地位（ランク）にいる人でないと、買えないほど高価なのが難点ですね」

俺が飲んでいるのは『マナ茶』というお茶らしい。希少性の高い薬草などを抽出して作られている。値段も銅貨五十枚とかなり高い。実に串焼き二十五本分である。その代わり魔素の回復を早めてくれる。おかげで魔素の枯渇もなく、職員全員の治療を終えることができた。

俺はこの世界に来てしばらくの間、落ち着くことはできなかった。何日かは寝て起きて、食べてまた寝てを繰り返し、やっとここが夢ではなく現実だと認識することができた。

目の前に見えるものすべてが興味深く、魔法もリアルでレベルまで上がる楽しさがある。その楽しさの反面俺は、悪素毒という流行病(はやりやまい)の、闇の深さを知ってしまうこととなった。

『個人情報表示謎システム』上の時刻は午前九時になろうとしていた。ちょっと寝坊したみたいだ。朝食をとりに食堂へ向かうべく一階に降りてきたところ、恨めしそうな目をしたセテアスに声をかけられる。

「『昨夜はお楽しみでしたね』、……と言いたいところですが、今度は何をやらかしたんですか？」

「やらかしたって、俺はなにも」

このやり取りはジュエリーヌが来たときのものと似ている。だからといって俺に『お客様が来ている』というわけでもないらしい。

「ギルドで隠居していたはずの叔母上から『出頭しなさい』とか怖い呼び出しがあったんですよ。渋々会いに行くと第一声が『タツマ殿に誠心誠意尽くしなさい』ですよ？　……どういうことなんでしょう？　それ以上詳しく教えてくれないんです。『あとは自分でお考えなさい』って……」

（なるほどね。そういう釘の刺し方をしたわけだ。リズレイリアさんはセテアスさんにとって母親の代わり。そういうことかー）

「叔母上、……あぁそか、忘れてた。そういやお願いされてたっけ？　セテアスさん」

「タツマさんまで私に何をさせようっていうんです？」

セテアスは怪訝そうに俺を見る。リズレイリアに相当絞られてきたのだろう。

「セテアスさん、奥さんどこにいます？」

「いますけど、……あげませんよ？」

「……前も聞いてるその冗談は置いといて、自宅でもどこでもいいから、ゆっくり話ができるところってあるかな？」

「朝食の時間は終わっていますので、自宅に戻っていますが……」

「終わってたんかい」

（まじですかー。これ、食べ損ねたかもしれないわ）

セテアスは宿の入り口のドアを閉めて、何やら看板を出してきた。こちらからは見えないが、おそらくは外出中とでも書いてあるのだろう。戻ってくるとまたカウンターの中へ。すぐ裏にあるドアを開けると手招きをする。

「叔母上の話から察するにですが、タツマさんはおそらく、ギルドでも重要な立場にいるということですよね？　まぁ元々大事なお客様ですからあまり変わらないんですけど。こちらです、どうぞ入ってください」

(口調は変わらないけど多少扱いが違ってきたような、そうでないような)

なるほど。宿屋に併設されている食堂の二階部分がセテアスの家になっていたようだ。

居間のような部屋でくつろいでいる女性の姿。俺たちの気配か、それとも足音で察したのか。

「おや、うちにお客様だなんて珍しいね？　新しいお友達でも増えたのかな？　お前さん」

セテアスが俺よりも細身だから違った印象を受ける。例えるならば、女子スポーツ選手のように筋肉質でしっかりとした体格の女性。人によって好みは分かれるだろうが、俺は美人だと思った。

「友達だなんてとんでもない。叔母上の手先なんですよ……」

(手先とはなんという言い草。セテアスさん笑ってるし、奥さんも笑ってる。リズレイリアさんが何をしてる人なのか知ってるはずだからね)

「タツマです。いつもセテアスさんには虐(しいた)げられてお世話になっています」

「な、なんてことを言うんですか」

(焦ってる焦ってる)

「何をしたんだい？　お前さん」

呆(あき)れたような表情のセテアスの奥さん。

「タツマさん。さっさと用件を済ませてもらえませんかね？　いらぬ誤解を与えてしまったじゃないですか」

「あははは。まぁそのリズレイリアさんからお願いされてきたわけなんですが」

「あら、そうだったのですね。お前さん、なぜ本当のことを言わないんですか？」

「いえその。私も詳しいことは言われていなくてですね。叔母上からはタツマさんに誠心誠意尽くすように言われただけなんです。相変わらず叔母上の言うことは抽象的すぎて困るんですよ……」

なんともこの甥にしてあの叔母である。お互い心配し合っているのはわかるのだが。

「いつも夫のセテアスがお世話になっております。ミレーノアと申します」

「いえいえ。いつも美味（おい）しいごはんをありがとうございます」

この宿の名前と彼女の名前。なるほどな、と俺は思った。テーブルを挟んで俺の向かいにセテアス、右前にミレーノア。彼らは同い年で俺よりひとつ年下とのことだ。

「簡単に説明するとね、ミレーノアさん」

「はい、なんでしょうか？」

「手をいいですか？」

「あげませんよ？」

「あのねぇ。そういうボケ――」

「お前さん」

「はいっ、すみません」

(なんとま、尻に敷かれてるじゃないですかやだー。……羨ましくなんてないぞ)

俺は彼女の右手に触れて確認する。話によると厨房（ちゅうぼう）での水仕事が多いとのこと。彼女の黒ずみは彼の叔母（リズレイリア）より多少ましな程度。年齢差を考えるなら他に要因があるかもと、俺にはそう思えていた。

「なるほどね。だからか、……『ミドル・リカバー』。これ、痛いですか？」

俺は痛みを取り除いてから、少し強めに指先を押す。

「ちょっと、タツマさ――」

「あら？　どうなってるんでしょう？　お前さん、痛くないんですよ……」

「え？　どういうことです？」

「はいはい、セテアスさん少し黙っていてくださいね。『デトキシ』、『デトキシ』、『デトキシ』、『リカバー』、『デトキシ』……」

ギルド職員全員の治療を終えたからか、魔素の総量も上がっている。もちろん、回復属性のレベルもひとつ上がった。それ故に『デトキシ』の効き具合も良くなっているわけだ。

「……だから俺、ギルドで悪素毒の治療をすることになったんですよ。はい次はセテアスさん」

俺はセテアスの手をひったくるようにして、悪素毒治療をする。ミレーノアと同年だが彼のほうがかなりマシだった。そのおかげで待たせることなく治療を終えることができた。

「タツマさん」

俺の両手をぎゅっと握って、涙をぼろぼろ流すセテアス。

「お前さん。泣くんじゃありませんよ。タツマさん、本当になんと言ったらいいのか……」

「いいんですよ。俺は二人のことをリズレイリアさんからお願いされてただけです。それにしばらくの間また、お世話になるんですから」

俺は少しだけ照れくさくなってしまう。それから朝ごはんをご馳走になる。食べ終えるとお茶を淹れてもらってそのまま世間話に突入。セテアスが惚気始めるものだから困ったものだ。

「私はミレーノアさんのおかげでですね、安心して宿屋の亭主をしていられるんですよ」

「そんな、髪結いの亭主じゃないんだから……」

俺がどんなに直接毒づいても、軽々流してくるセテアス。こうして受け答えするのは、『リアースファンタジア』のNPCよりも自然に感じる。あのときは『中の人』がいることを知っていた。

もちろん、こちらプレイヤー側の発言を先読みして、軽いボケをかますような実に自然な受け答えがあった。だから人工知能プログラムではなく、演者がいるという内部的な噂を疑うことはなかった。事実、就職してある程度の知識を得るとなるほどなと思うことになったのである。

ただ少なくともこれほど惚気話を続けるNPCはいなかった。さすがの俺も、セテアスの話に胸焼けしてきた。なにせかれこれ三十分は続いているのだから。

「宿屋の入り口のドア、開けなくていいのかな？」

「大丈夫ですよ、この時間はお客さん来ませんから。それでですね、うちのミレーノアさんはですね――」

（いいかげん飽きてきた。このリア充め、爆発しろってば）

リズレイリアや冒険者ギルドの職員たちから話を聞けば聞くほど、この城下の人々は深刻な状況

に置かれていることがわかってくる。異世界かそうでないかという違いではなく、俺が住んでいた国がどれだけ平和だったかと思えてしまうほどにである。

だからこそ『悪素の原因を探すため』にこちらの世界へ強制的に呼ばれ、勇者として活躍している麻夜たちは元気でいるだろうか？　そう心配してしまう俺がいた。

俺は朝起きて、ごはんを食べて、冒険者ギルドへ行く。昨日のうちから支配人のリズレイリアが、冒険者たちに最優先の依頼を出してくれているはずだ。それは悪素毒による症状の重い者を探すこと。秘密裏で城下に住む人たちに聞き込み調査を行い、馬車を使ってギルドへ連れてきてもらう。

俺はマナ茶を飲みながら、ひたすら悪素毒の治療にあたっている。担架で運び込まれた悪素毒に浸食された重症の人が、帰りには笑顔で歩いて帰っていく。実に達成感のある仕事だと思っている。

城下の人々は、『神殿で治療する際、凄く高い寄付が必要』だと知っているようだ。だから皆、心配そうに聞いてくる。だが俺は『串焼き五本分、銅貨十枚』と伝える。もちろん直接は受け取らず、『お支払いは受付で』とお願いする。受付で同じように『串焼き五本分、銅貨十枚』と言われて、驚きつつも支払っていく。その際皆へ『秘密にしてね』と『悪素毒の原因は消えていないから、具合が悪くなったらまた来るようにね』とお願いをしてもらっている。

「よう、今日は買っていってくれないのかい？」

「まだ食べ終わってないってば。なくなったらまた寄らせてもらうからさ」

「あぁ、期待しないで待ってるよ」

馴染みになっている串焼き屋の店主だ。隣にあるお茶屋の主人も手を振ってる。外を歩いているとこうして、俺を知る人が挨拶をしてくれる。けれど俺が何をしているかは内緒にしてくれている。俺の治療を受けた人は、自分が悪素毒の苦しみから一時的にでも解放されていることを吹聴したりしない。城下の人々は、国より冒険者ギルドのことを信頼してくれているからだとリズレイリアは言う。

俺は偶然、初級回復呪文である『リカバー』の持つ別の効能を知ってしまう。それは『怪我や痛みがないときに発動させると疲れが癒える』ことだ。もちろん、中級回復呪文の『ミドル・リカバー』になると更に強く。最近有効化された上級回復呪文の『ハイ・リカバー』はヤバかった。鼻血が出たり、局部に響いたりとある意味精力剤的な効能がある。正直、収まるまで大変だった。

だから俺は、時折自分に『リカバー』をかけている。常時疲れ知らずで治療にあたれるからだ。それでも六日働いて、その夜は酒場で酒を飲んで翌日ゆっくり休む。このサイクルを繰り返して徐々にだけど、重症な人が減っていると報告を受けるまでに至ったわけだ。

俺が冒険者ギルドで『回復魔法使い』として活動し始めてから二ヶ月が過ぎようとしていた。現在は馬車で運ばなければならないほどの重症者はいないとのこと。皆歩いて訪れては笑顔で帰る際、納得して『銅貨十枚』を受付で支払っていく。皆、安さに驚いているから、誰も自分が悪素毒から解放されたことを家族以外に話してはいない。約束を守ってくれているのだろう。

もの凄く大変だったけれど、治療を受けた人からかけてもらえる言葉がとても嬉しかった。同様にモチベーションを維持できている要因が俺にはあった。それは、悪素毒治療を繰り返すことによって回復属性のレベルがグングン上がっているのを実感していたからだった。

回復属性のレベルが40を超えたときに有効化された、病治癒の『ディズ・リカバー』には助けられた。今まで何度も『デトキシ』を重ねがけしていたが、これを発動させるだけで悪素毒は一発で消し飛んでしまう。その上、魔素の消費も抑えられるから、一日あたりの治療可能な人数が増えていくわけだ。

同時に使えるようになった完全回復呪文の『フル・リカバー』と、魔素回復呪文の『マナ・リカバー』。『フル・リカバー』はさておき『マナ・リカバー』は便利すぎた。レベルの上昇と共に魔素の総量もどんどん増えていったのだが、マナ茶と『マナ・リカバー』を併用すると、その効果時間中は魔法をいくら連発しても魔素を消費した分すぐに回復。全く減る気がしないわけだ。

一日に可能な治療人数が増えるだけでなく、高いレベルの魔法を発動させることによって、回復属性のレベルも上がりやすいことがわかった。これも『リアースファンタジア』と似ている仕様だ。気がつけばレベルもあっという間に50を超えていた。

その後も順調に上がり続ける回復属性のレベルも、半ばを超えたあたりで緩くなり、58になった途端上がる気配がなくなってきた。俺にはなんとなく理由がわかっていた。50で有効化になった魔法は再生呪文の『リジェネレート』と解呪の『ディスペル』の二つ。ともに魔素の消費量が連打できないほどに多い。その上使う機会がほぼほぼなく、かけ続けても上昇判定が期待できる魔法ではないからだ。

それでも可能性があるのはディスペルくらいだろう。例えば継続する『マナ・リカバー』をかけたあとに『ディスペル』で解呪するならいいかもしれない。けれど、無駄が多すぎる上に魔素の枯渇を招き兼ねない。レベル40台の魔法『ディズ・リカバー』は常に使っていたから良かったが、これからはなかなか上がらなくなるのは仕方がないのだろう。

レベル60になって有効化される予定の魔法は蘇生魔法の『リザレクト』。『リアースファンタジア』でもこれだけは同じ名称だった。俺は使えるレベルになかったが、かけてもらったことはある。もちろん、あのときと今現在の『死』は意味合いが違いすぎる。それでもゲーマーとしての気持ちをくすぐる仕様に燃えてくるのは間違いない。

回復属性の他にもう一つ持っている加護の空間属性。以前リズレイリアに聞いたところ、魔素の消費はあるだろうが厳密に言えば魔法ではないらしい。それでも持つ者は希で、交易商や輸送業者として大成した者もいると聞いている。
空間属性はラノベや漫画で『アイテムボックス』などと呼ばれているが、俺たちゲーマーの間では『インベントリ』や『所持枠』と呼ばれていて馴染み深いものだった。物の出し入れをしたなら、魔素が多少減るということであるならば、空間属性は魔法でなくても他の属性と同様なのだろう。

慣れると『格納』と口にしなくても出し入れが可能なところは、『個人情報表示謎システム』と似ているかもしれない。

空間属性が魔法でないのならば、俺は回復属性しか持たない回復魔法使いということになる。その代わり、毎日の治療による鍛錬の結果、人並み外れた魔素の総量を持つことになったわけだ。

俺は毎日、治療を終えたあとに支配人室へ立ち寄る。そこでリズレイリアに報告をするのが日課になっていた。彼女はなんでもこの国の事情にも詳しいとのこと。俺がギルドの一員となっていることもあって、どんな相談であっても『秘密を守ってくれる』と約束してくれている。

こちらのギルドに登録している冒険者たちも結束が固い。気性の荒い者もいるが、そんな彼らですら仲間を裏切ることはしない。信頼あってこそ依頼がやってくる。城下の人たちとも持ちつ持たれつ、良い関係を結べるほどだと聞いて感心していた。

帰り際なんとなしに、博識なリズレイリアに相談することにした。相談内容は『攻撃に使える魔法を持たない故に、身を守る方法がないのをどうにかしたい』というもの。するとリズレイリアは『魔導書を読むことで新しい魔法の属性を手に入れた前例がある』と教えてくれた。

リズレイリアは書棚を探すと、俺の目の前に何やら古めかしいものを差し出した。三冊ほど重ねられた、刺繍（ししゅう）まで入った豪華な装丁の薄い書物。これらはかなり古いものらしい。

「これらの書物は、魔導書らしいのだけれどね。どうだい？　読んでみる気はあるかな？」

この世界には魔道具があり、このような魔導書も存在している。さすがは異世界。俺は正直嬉（うれ）しくなってしまう。

「い、いいんですか？」

「あぁ、構わないよ。私を含め、これまでギルドの関係者にも冒険者にも、読めた者がいない以上、単なる置物でしかないからね」

その晩、宿に戻ってドキドキワクワクしながら魔導書にチャレンジしてみた。表紙になんらかの文字が書いてあるのだが、適性のある者にしか読めない。それが魔導書と呼ばれるものだそうだ。

これまで俺はこの国の崩し文字でも普通に読むことができていたのだが、中を開いても読める気がしない。ただその中の一冊だけ、表紙の文字が理解できた。そこには『呪』とだけ書いてあった。

「うん。表紙以外全く読めない。けどこれはそそるな……」

ラノベや漫画、ネットがなくなった俺にとって、楽しみのひとつが増えたのは願ってもないこと。毎朝毎晩、読める部分があるかどうかの確認をするだけでも十分娯楽になっていた。

明日は休み。今夜は酒場に行く予定だったから、そのつもりでつい頑張ってしまった結果思ったよりも治療が長引いてしまい、夕食を食べたあと部屋飲みをすることに決めた。インベントリに入れてある酒を取り出して飲み始めた。
ある程度良い気分になったあたりで、インベントリからいつものやつを取り出した。俺は毎晩、部屋に戻ると魔導書を開いて読んでみるのが日課になっていた。三冊のうち、相変わらず表紙の文

字が読めるものは一冊だけ。分厚い表紙をめくったところで変化に気づいた。なんと、一ページ目に書いてある文字がなぜか読めるようになっているではないか？

（まじか。何が原因？　レベルは上がってないし。魔素の総量？　それとも読んだ回数？　相変わらず表紙は『呪』のままだし、他の二冊読めないし）

もの凄く崩された文字で書かれたもので、そこには『指先に魔素を流し、魔法陣の外側を左回りになぞる。最後に中央にある魔法の名前を口にせよ』そう書いてあるように読める。

（やっべぇ、読める。二つ目の魔法陣までは読めるんだわ。えっとこれでいいのか？　でも、効果や効能が書いてない、いや、読めないんだよ。まさかとは思うけど、会得に成功しないと読めないとかそんなオチないよね？）

とりあえず、最悪の場合は解呪の『ディスペル』でなんとかなるかと思ってしまう。そのあたりがゲーマーなのだろう。

（指先に魔素を這（は）わせてこう、くるりと魔法陣の縁をなぞって、『パルス』？　でいい――なんだこのうぞぞぞぞって感覚。……あ、これもどういうこと？　属性欄が空欄で『パルス』だけ刻まれてるし。えっと、なになに？　脈動呪（みゃくどうじゅ）『パルス』、単独では効果は数瞬で切れる。続けてかけた魔法を繰り返す。止めるときは解呪が必要。……なんだこれ？）

隣のページにある魔法陣も同じように唱えてみた。

（『レヴ』……あれ？　あ、刻まれた。これも同じか。なになに？　反転呪（はんてんじゅ）『レヴ』、続けて唱えた魔法の現象を反転する。はい？　どゆこと？）

「あ、あ、あぁあああ？　ここにあった魔法陣どこ行った？　もしや俺が覚えたから消えた？　まじですかー……」

脈動呪の『パルス』と反転呪の『レヴ』、これら二つの魔法陣が書いてあったページには何も書かれていない。きれいさっぱり消えてしまったようだ。

「あとでリズレイリアさんに怒られよう。そうしよう……」

さっそく『パルス』を試してみる。まずは『個人情報表示謎システム』で魔素残量などの状態表示をさせておく。

「えっと『パルス』、それと『フル・リカバー』、……う、うっは。おおよそ十秒ごと？　確かに繰り返してるわ。これはヤバい。とりあえず『マナ・リカバー』っと。ギリギリ減っては増えてで枯渇の心配はないけど、なんかあそこがヤバいわ……。気を張ってないとまずいね。あぁでもこれ、レベル上げにはいいんじゃない？　もしかしたらだけど」

『パルス』の使い方は偶然ではあるが、あっさりと飲み込めてしまった。おおよそ十秒ごとに、続けてかけた魔法が繰り返されるだけの呪文、いや、呪いの類いなのかもしれない。

「『レヴ』だっけ？　これもそうだけど、脈動呪と反転呪、呪文って書いてないんだよな。なんかヤバそうだから俺に試すのもなんだ、……あ、そだ」

俺はあることを思いついた。そう、この近くには湖がある。多分魚もいる。ということは魚が捕食しているはずの『あれ』がいるはずだ。

翌朝、朝ごはんを食べたあとに外出。休みだが冒険者ギルドへ出向くと、受付にいるジュエリーヌに呆れ顔をされるわけだ。

「何しに来られたのですか？　確かお休みだったと思うのですが」

「いやそのね、……俺でも依頼って出せるのかな？　って」

「もちろんできますよ」

ジュエリーヌは『当たり前じゃないですか』という感じの真顔で答える。笑顔じゃないのが身内認定なのだろうか？

「それじゃね――」

俺はささっとお願いした。すると一時間経たないくらいでお呼びがかかる。小さな木桶に入った十四ほどの元気に動いている川海老。

俺はその昔、両親に連れられて渓流のあるキャンプ場で釣りをした覚えがある。現地調達で餌を探して、そのとき捕ったのが川海老だった。こっちの世界の川海老は、テナガエビやスジエビと違って寿司ネタにもあるあの、海に生息するシャコエビそっくりな上に前足が四本生えている。そのあざといフォルムに『これはちょっと、かっこいいかも』と思ってしまった。

川海老を『宿屋ミレノア』に持ちこむ際、インベントリに格納しようとしたのだが、それは失敗に終わった。『リアースファンタジア』やラノベなどの物語でも生き物を格納できなかったように、この世界でもそれは不可能だったようだ。実に残念な結果である。

川海老を部屋に持っていく際に受付でセテアスに怪訝そうな表情をされてしまう。それでも『魔法の検証』だと言うと納得してもらえた。

その川海老を相手に俺が何をしようとしているのか？　それは脈動呪『パルス』と一緒に手に入れた反転呪『レヴ』の検証作業だ。

手のひらの上に、川海老を一匹載せる。

「さて、まずは——おい動くなって。生きてるから仕方ないか。よっと、よし捕まえた。えっと『レヴ・リカバー』、……ありゃ？　なんじゃこりゃ？」

川海老は徐々に動きが鈍くなり、ややあって微動だにしなくなる。

「回復の逆ってことはもしかして『衰弱を促進』だったりしないよな？」

異世界転移転生の定番スキル『鑑定』があったなら確認のしようがあったかもしれない。だが、俺にはないからどうしようもない。『レヴ』には『反転呪』としか表記がない上に『現象を反転する』の説明だけではそれ以上のことは予想するしかない。

「なんとも、なむなむごめんよ。さて、次は『レヴ・デトキシ』、あ、まじか」

呪文を唱えた瞬間、川海老は先ほどと同じように動かなくなってしまった。

「えー、これって解毒じゃなく、反対語だとなんだっけ？　中毒？　服毒？　もしかしたら、ゲームなんかでダメージくらう『被ダメ』の反対は『与ダメ』、それを当てはめて、悪素毒を与えるという意味で『与毒』とか？　となるとさっきのは『与ダメ弱』？　うーわ、怖いわ……。うん次いってみましょ」

回復属性のレベル順にあれこれ試していくが、如何せん相手は川海老。生命力というか耐久力というか、何かがあまりにも脆い。形式的にすべてを試していき、桶に残った最後の一匹に対して一番レベルの高いものを試した瞬間。

「――これはヤバいどころじゃない。封印だ封印。なむなむ、成仏してくれよ……」

再生呪文の『リジェネレート』を『レヴ・リジェネレート』として発動させた瞬間、川海老が手のひらの上で乾いた砂のようさらさらと砕け散った。おそらくは『再生』が『破壊』か『崩壊』として作用したのかもしれない。

これらは対人戦闘用として使えるのは間違いない。だが同時に知性を持つ生き物へ行使したなら、それは確実に『非人道的』であることは間違いないだろう。

このあとレベルが60に上がった際に、有効化された蘇生呪文『リザレクト』が使えるようになれば、一度は砕け散ったこいつらに『リザレクト』で戻るかどうかを試す必要がある。ただ、『レヴ・リザレクト』を試すかどうかは今のところ考えていない。対象はまた川海老になるだろうが、それを人に使えるほど俺は『壊れてはいない』と思いたいからだ。

翌朝、目を覚ますと吐き気がする。ベッドから身体を起こす気力がない。気力をかき集めて起こしてみたはいいが、嫌な予感があったので『個人情報表示謎システム』画面を投影。するとやはり、魔素残量が3しか残っていない。

「……あ、まじです、か」

インベントリにある支給されていたマナ茶を取り出し、ちびりちびりと飲み干す。しばらくすると魔素が徐々に増えていくが、ある瞬間0に戻ってしまう。

「まじか、これ確かに、呪いだわ……」

昨夜脈動呪の『パルス』で完全回復呪文の『フル・リカバー』を動かしていた。それを解呪の『ディスペル』で止め忘れただけでこんな悲惨な状況に陥ってしまった。幸い、『フル・リカバー』の必要魔素量よりも『ディスペル』のほうが大幅に低いから、次に微回復した魔素で解呪できた。魔素が微回復したあとタイミングを見計らって『マナ・リカバー』を追加。マナ茶とダブル効果で徐々に回復し、朝ごはんの時間になるあたりでなんとか動けるようになった。明日からは『ディスペル』を忘れないようにしようと心に刻んだ。

朝食をとって少し休むと更に回復していた。そこでなんとなく『パルス』と『フル・リカバー』を回し始めた。

(レベル上げレベル上げ。やっぱり俺って、ゲーマーなんだな)

マナ茶と『マナ・リカバー』を切らさなければ、おおよそ十秒ごとに減る『フル・リカバー』以上の回復が促される。だからやめる理由などなかったわけだ。

その日の悪素毒治療中も実は、十秒ごとに発生するレベル上げを停止させていない。治療に必要な病治癒の『ディズ・リカバー』と中級回復呪文の『ミドル・リカバー』、それぞれの魔素消費量に対して魔素の回復度合いが間に合ってしまったからだ。

治療行為でレベル上げになり、『パルス』でぶん回してレベル上げになる。おまけに魔素総量の底上げにもなるから、お得感が半端ない。

ただ気をつけなければならないことがひとつだけあった。『フル・リカバー』を怪我をしていない正常な状態でかけ続けているわけだから、後遺症というか弊害が発生している。『リカバー』や『ミドル・リカバー』などで既に確認されていた『男の子の部分に発生する』現象。要は精力剤と同じ効果が常時ドーピングされているようなものだ。

実際のものと同じように、『視覚的、聴覚的にそれ系の情報を取り入れない』ことで抑え込むことは可能。要は『女性の胸元を見ない』などの注意をする。あとは最悪の場合、誤魔化すためにタオルなどをかけておく。それでなんとか凌ぐことができるだろう。

（というか一度だけあったんだよな……。とにかく冷静に冷静に、ここでまた『おっき』したりなんかしたらそれこそ事案になっちまう）

俺は幸い、『社会的にそういう事案が許されない世界のサラリーマン』だったからなんとか抑え込むことができていた。だが最初は辛かった、それは紛れもない事実だった。

勇者召喚とやらに巻き込まれて早三ヶ月になろうとしている。麻夜たちは元気にしてるだろうか？　とにかく気になって仕方がない。そのため俺は、言葉を濁してリズレイリアに王城の情報を探ってもらっている。もし彼女から、あの子たちの身に大変なことが起きているという情報が入ったならば、今の俺なら多少の無理をしてでも助けだすことができるからだ。

（最悪、『レヴ』を使ってでも、……そうならないことを祈るばかりだけどね）

脈動呪の『パルス』で『フル・リカバー』をぶん回し続けて数日、回復属性のレベルが3B、十進数表記でいうところの59になった。ただそれっきり上がる気がしないのは60がもしかしたら、レベルのカウンターストップ――いわゆるカンストだからかもしれない。60に上がるための必要経験値などが設定されていたとしたら、それこそ鬼のような値が必要なのだろう。

休みの日に、この煩わしい十六進数表記が十進数になるようなオプションが、『個人情報表示謎システム』のメニューにないか隅々まで探してみたが、それがどこにも見当たらなかった。年齢だけが十進数表記なのは相変わらず謎だと思う。

（いーや今週も頑張ったな。徐々に一日あたりの治療人数も増えてきて、ジュエリーヌさんたちもぐったりしてたっけ。『リカバー』してあげたら喜んでたな。『フル・リカバー』したら、女性だとどうなっちゃうんだろうとか、妄想したらヤバっ、愚息よ静まれ今はそのときではない）

今日は勤務六日目で明日は休み。治療も終わって陽が落ちて、酒を飲もうと酒場に向かっているところ。石材でできた欄干に手を置いて、空と湖面の両方をぼうっと眺める。少し色味は違うが月に似たこの惑星の衛星が映り込んでいて、この世のものとは思えないほどに綺麗だった。

（南にある田舎の村から来た設定で通してるんだけどさ、そうするとギルドで色々なことを教えてくれるんだ。例えばこの惑星は『ミース』で、あそこに浮かんでる衛星が『アルマ』とかね）

ちなみにミースもアルマも女性の名前に使われるそうだ。母なる大地と見上げて思いを馳せる対象。星の名前が先か人の名前が先かはわからないが、どちらの世界もロマンティックな考えを持つ人がいるのは間違いないのだろう。

俺はあちらの世界への未練がないわけではない。だが、両親祖父母は亡くなっているし、兄弟姉妹も近しい親類もいない。それでも世話になった会社の同僚、可愛（かわい）がってくれた社長。『リアースファンタジア』の相棒（フレンド）だったあいつ。いつも遊んでくれた相棒への罪悪感だけが、回復魔法でも治せないチクチクと痛む胃もたれのように、身体の奥へ残っていたのだろう。

（ごめんな、これしか言えないんだわ。……よし、湿っぽいのはこれくらいにしておこう）

俺たちはこの地で人族と呼ばれている。この世界には人族以外の種族も住んでいるそうだ。このダイオラーデンにはいないらしいが、それでもゲーマーの俺には夢の広がる話だ。

（ケモミミシッポな種族もいるんだろうな。魔族も、過去には魔王もいたのかもしれない。そうだ。リズレイリアさんなら何か知ってるかも？　明後日聞いてみよっか）

悪素毒治療に心血注いできたからか、もうしばらくしたら城下にいる人たちは痛みや怖さに苦しむこともなくなるだろう。だからこそ、やる気が出るというものだ。

息を吐くと、少しだけ白くなる。そろそろ冬が近づいているのは間違いない。風が少し吹いて頬（ほお）にあたる風が冷たくてつい、『寒っ』と口にしたそのときだった。

「その首もらったっ！」

俺の耳にもそう聞こえた。結構近い。確かにこの城下には、冒険者以外にも帯刀している人はそれなりにいる。

（珍しいな喧嘩（けんか）か？　それにしても物騒な物言いだな？）

そう思って振り向いたとき、剣のようなものを振りかぶってきた男の姿が目に入る。俺は咄嗟（とっさ）に左腕を盾のようにかざした。これはヴァーチャル環境で練習したからこそ出せた動きなのだろう。

左腕を斬りつけられ激痛を感じながらも、なんとか剣を受け流して切っ先は地面に突き刺さる。だが敵は一人ではなかった。なぜなら背後からも斬られてしまったからだ。痛い、いや、熱い。背中が焼けるほどに痛い。言葉が出ない。それでも一定の時間で痛みが消える。

刀や剣で斬られる際はそう感じると、ラノベや漫画でそう表現されたものがあった。『リアースファンタジア』での痛みの感覚は極力抑えられている。テスト公開中にゼロだったとき、無茶をするプレイヤーが減らないことがあったそうだ。現在では最大でも殴られて涙が出るくらいに設定されている。我慢できなくはないが、痛いときはかなり痛い。それでも気を失うほどの激痛は設定されていなかった。

瞬間的に次々とそんなことが頭に過った。再度袈裟斬りにされそうになったとき、左腕で避け、そのときの勢いで欄干から落ち、湖へ沈んでいくところまでは覚えている。そのあと、意識が遠くなっていったからよくわからない。

——なんだろう？　胸が何度も強く圧迫されるように押される。唇に柔らかいものが押し当てられ、吹き込まれたものが胸の奥を通って鼻へ抜けていく。

薄く目蓋を開くと、辺りは暗いからか満天の星が見える。すぐにそれを遮る人の姿。なぜかはっきりと見える形の綺麗な唇。俺にギリギリまで近づくと、強く押しつけられるがとても柔らかい感触が感じられる。何やらまた息が吹き込まれたようだ。胸を通って鼻を抜けていくけれど、どこか胸も温かく心地よい感じがする。

「……頼むよ。あんたに、死なれると、あたい、困るんだ」

（一定のリズムで胸を圧迫されながら、俺に話しかける女性の声が聞こえるんだ。俺が死ぬ？　それってどういうことだろう？）

何らかの魔法が作用しているのだろうか？　逆光になっているはずの彼女の顔がはっきりと見えてくる。暗い褐色の肌、漆黒の瞳、形の良い唇。また近づいてはこの世のものとは思えない柔らかなものが俺の唇に押し当てられ、息を吹き込まれてゆっくりと離れていった。その瞬間(とき)俺には、彼女が離れていく寂しさのようなものが芽生えたのだろう。そのせいもあり、意識がはっきりしたことで目をしっかりと開けてしまった。その結果、彼女と目がばっちりと合ってしまった。

「――な、なななな」

「あ、おはようございます。でいいのかな？」

暗い褐色の頬を染めて腕を振り上げる彼女。寝たまま後ろ頭をかく俺。振り上げた腕の収めどころに困っている彼女。半泣き状態の彼女がなぜそうなったのかある程度理解できてくると、俺の頭から血の気が引く音が聞こえてきそうになっていた。

「助けていただいて、本当にありがとうございました。あと、色々とごめんなさい。本当に、申し訳ありませんでしたっ」

次の瞬間、俺は砂利だらけの地面に額を擦りつけるようにして土下座をしていた。

「いいから。あんたがそういう人だってわかったから。とにかく頭を上げてくれ」

彼女は俺が聖職者くずれと呼ばれている、回復魔法使いだということを知っているそうだ。だからなんとか気を失う前に傷の回復が間に合ったということを理解してくれたらしい。

(実際は『パルス』で『フル・リカバー』をぶん回してたから、斬られた瞬間勝手に完全回復したとか。湖で呼吸が止まっても死にそうになった瞬間、強制的に回復したとかなんだろうけどさ)

「いいんですか?」

「あぁ。いつまでもそれではあたいのほうが困る」

俺はゆっくり彼女の機嫌を窺うようにして頭を、顔を上げていく。どうやら呆れてはいても怒ってはいない感じの表情だ。

「その、俺、責任取りますから」

「何の話だ? あたいは別に」

「人工呼吸とはいえ、何度もその、唇を重――」

「ば、馬鹿なことを言うな」

「俺、初めてだったんです」

「あたいもだよっ!」

「そうだったんですね。それなら余計に、責任を取らせて――」

「いい加減にしてくれ。そりゃあたいだって、……じゃなくてだな。あんた、自分の立場を理解しているのか? タツマさんよ?」

「あれ？　俺、名乗りましたっけ？」

俺の目の前に出されたのは、俺の手のひらよりもやや大きめ、わかりやすく言えばＡ５サイズほどの紙だった。彼女は俺を湖の底から引き上げたはず。それなのに服も髪も、どこかに忍ばせていたと思われるこの紙も濡れていない。もしかしたら、俺が知らない魔法のようなものの使い手と考えたらなら、違和感は拭うことはできるだろう。

「これ、読めるよな？」

写真の代わりに似顔絵ではないが、特徴のあるシルエットだけ描かれた簡略的な絵。そこに補足されたメモ書き。

(特徴は、鳥の巣に似た黒髪を持つ男？　天然パーマのことか。あ、名前がそのまんまじゃないか)

「はい。タツマ、ソウトメ。あー俺の名前。だから知ってたわけなんですね……」

あちらの世界で見覚えのある、まるで『重要指名手配』のポスターのようだ。俺にかけられた容疑はなんと『殺人』。引き渡しの条件には『身柄の受け渡しに生死を問わず』とあった。

「俺に『殺人容疑』がかかってる？　それに『デッドオアアライブ』ってどういうこと？　まじか、そんな言葉も通じるのかこっちって？」

少ない情報でも十分に理解できる、俺の手配書だった。だが、どこが発行したのかは書かれていない。

「これはな、あの二人が落としていったんだ」

(あの二人って、俺を殺そうとしたヤツらか？)

「でもそいつらまだ俺を探してるんじゃ？」

「大丈夫だ。あんたを追いかけるときに邪魔をしたから始末しておいた。大きな騒ぎにはなっていないから安心するといい」

（――ってことはあれだ。彼女は俺を助けるために邪魔だからと、あの男たちを片手間で始末できるほどの絶対的強者ってことなのか……）

「まじですかー」

俺と命の恩人（かのじょ）はしばらく話を続けた。殺人容疑。思い当たることはひとつしかない。

こちらの世界へ連れてこられたとき、物理的なのか魔法学的なのかはわからないが『切り取られたとしか思えないバスの後部座席』とともに俺と麻夜たちは二階の高さ以上はある場所から落ちてきた。おそらくは安全に落とすための場所も設定されていたのだろう。

だが招かれざる客の俺だけは、その範囲外に落ちてしまった。その結果、あそこにいた年配の男性を下敷きにしてしまったらしい、というところまでだけはなんとなく覚えている。

「でもおかしいんです。俺はあの場所を出る際に、俺が下敷きにしてしまったはずの男性を心配して状況を説明してくれた女性に尋ねたんですよ」

「そうなのか？」

「はい。『神殿で治療を受けていると報告があります』、そう言ってくれて、俺に『気に病むことはありません』と、安心させてくれたんです。もちろん、あの場にいた全員が聞いてたはずなんですけど……」

「そうなんだな？」

「それだけは間違いないです、はい」

この手配書がもし、俺を斬り殺そうとしていた輩の間に出回っているとしたら、今後も狙われ続けるということが考えられる。味方をしてくれる人の多い城下とはいえ安全ではないということだ。

冒険者ギルドの建物に逃げ込むことができたなら、俺自身の身の安全は確保されるかもしれない。だが、腕っ節に自信のない冒険者やギルドの職員、はてはセテアス夫妻を始めとした一般の人たちにまで迷惑がかかってしまうだろう。

「……このままでは駄目ですね。俺だけならなんとかなるかもしれませんが、お世話になっている人たちに危険が及ぶのはいただけません」

「タツマさんよ」

「はい」

「あんた、ギルドの登録証を持っているだろう？」

「そうですね、持っています」

「それならば一時的にこの地を離れて、他のギルドから無事を知らせるのがいいんじゃないか？」

「それはあり、ですね……」

少なくとも、俺がこのダイオラーデンにいないとわかれば、冒険者ギルドは元より周りの人にも危険は及ばなくなる。あのとき俺はなぜ『レヴ』を使わなかったのか？　使っていさえすれば、あの程度の相手なら塵に変えることも可能だったはずだ。だがすっかり忘れていたのは、身を守る攻撃手段として頭に入っていなかったからだ。その理由はきっと、まだ俺は人でありたかった。人として終わってしまうのが怖かったのかもしれない。

(どっちにしても覚悟が足りない。その覚悟をここにいて養うのは間違っている。俺は誰にも迷惑をかけるわけにはいかないんだ)

「この方角に街道がある。そのまま数日進むと大きな町が見えてくる。そこに行けば——」

進むべき道を命の恩人(彼女)は教えてくれた。俺は彼女の言葉を信じようと思う。

「それじゃあたいは行かせてもらう」

「ありがとうございます。絶対忘れません。このご恩はいつか——」

「あぁ、いつか返してくれたらいい」

一瞬だけ振り向いた彼女の優しく細められた瞳は優しげでとても綺麗だった。闇に消えていく彼女の背中はあっという間に見えなくなっていた。

インベントリを見ると、シャツとズボンが一着ずつあった。ズタズタに切り裂かれた服を脱いで着替える。あとは外套を羽織るだけで旅支度は終わる。ついでに命の恩人からもらった手配書を格納した。

(セテアスさん、リズレイリアさん、ジュエリーヌさん、今は何も言わずにここを去ることになってしまって申し訳ない。でもいずれ、どこからか連絡を入れられるはずだから……)

俺は湖越しに頭を下げて回れ右。命の恩人の指し示してくれた方角を目指して歩いていく。

周りは真っ暗。かろうじて街道が見えるくらい。俺、寝てない。あれから全く寝てない。『マナ・リカバー』をかけつつ『パルス』で『フル・リカバー』回しっぱなしだから、疲れを全く感じない。筋肉痛は筋肉の使いすぎによって筋繊維に細かな傷がつくことで起きる症状らしいが、なにせ十秒おきに完全回復するから関係ない。修復と精力剤注入が交互に行われるのだからもう大変だ。

(回復ドーピング、ヤバいっしょこれ。あそこもヤバくなってたとしても、誰も見てないから気にしない。国体どころかオリンピックで、フルマラソンをスプリントで全区間とかいけるんじゃね?)

足が速いほうではなかったが、疲れ知らずで速度を落とさないでいられる。そんな尋常でないペースで俺は走り続けているわけだ。

もし追っ手が来るとまずいと思ったから、俺は暗い内に移動して明るいうちは寝てしまうつもりだ。そろそろ明るくなりつつあるから、街道脇の林の中へ。二十メートルほど引っ込んだあたりに布を敷く。

どっこいしょと座って一番最初に思ったこと。

(あ、彼女の名前聞くの忘れた。慣れてないぼっちだから仕方ないんだけどね……)

もそもそと串焼き五本、パンと冷たい水を取り出す。お酒もあるけどぐっと我慢。朝方だからか気温が下がっている。そのせいもあって湯気が目立つ。串焼きは熱々、うまいけど何か物足りない。

パンも焼きたて、水も冷たい。腹は膨れたけど眠くならない。

それはそうだろう、『リアースファンタジア』以外で生まれて初めてリアルで殺されそうになったわけだ。二人組が俺を殺そうとしたからか、命の恩人の彼女は始末したと言っていた。あれだけの殺意を向けられた今の俺なら、躊躇しないで川海老と同様に『レヴ』を使うことだろう。

マナ茶と『マナ・リカバー』をかけて『パルス』を回しっぱなしで仮眠を取る。これで万が一野生動物に襲われたとしても、死ぬ前に目を覚ます。もちろん『レヴ』を使って退治するだろう。

二日目、目が覚めたのは『個人情報表示謎システム』で午後七時。周りに明かりがないからほぼ真っ暗。歯磨きセットを部屋に置いてきてしまって大失敗。これから夜明けまでひたすら走る。ほぼ全力疾走に近いけれど、十秒ごとに苦しさがなくなるから癖になったら危ない。『マナ・リカバー』のバフが切れたら足を止めてかけ直し。あとはひたすらまた走る。

空が明るくなってきて、串焼きをパンに挟んで食べる。朝も昼も串焼きとパン。好きだから飽きないと思ってたけれど、若干飽きが出てきた。調味料は持って歩くべきだったと後悔。眠れないから酒を一杯だけ飲んで寝る。

夜起きて三日目。冬が近づいて肌寒いけれど、走ると大汗をかくから乾くと汗臭い。昨日風呂に入れなかった、水浴びも近くに川すらないから無理。一昨日湖に落ちたからまだセーフだと自分に言い聞かせる。串焼きの串を歯で噛んで柔らかくして歯ブラシ代わりにして我慢する。明るくなるまで走ってご飯食べて眠る。眠れなくてお酒飲む。

四日目。水浴びは諦める。匂いにも慣れてくる。次は樽を買って水を詰めておくと心に決める。

ひたすら走って朝に寝る。眠れなくてお酒飲む。

五日目、ひたすら走って朝に寝る。眠れなくてお酒飲む。

六日目、ひたすら走って朝に寝る。眠れなくてお酒飲む。

七日目。ひたすら走って、夜明け前に違和感を覚える。遠くに明かりが見える。おそらく人里だ。村でもいい。宿がなくても水を借りたい。とにかく、水浴びをしたい。気合いを入れて走るけれど、俺の足だと間違いなく夜が明ける。

(見つかるとまずくないか？　でもさ、もうそろそろ誰かに姿を見られてしまっても、構わなくないかい？　旅人を装えば——って歩いてこの距離移動する人いないだろう？　普通は馬か何かで旅をするでしょ？　仕方ない。とにかく手前まで行って夜になるのを待とう)

夜明け前ぎりぎりまで走ると、かなり遠くに水の匂いと流れる音。『水浴びができるかも』と喜んだのもつかの間、馬車とニアミスして慌てて隠れる。馬車の進む方角には小高い丘、見方によっては山に見えるかもしれない。『個人情報表示謎システム』で時間は午前七時を過ぎていた。

(駄目だこりゃ。夜まで待とう。……ってあの馬車、山の方へ行った？　あれ？　ということは俺が走ってきた方角って、馬車との遭遇(エンカウント)ないんじゃね？)

そう思うとなんだか情けなくなってくる。昼間隠れる必要がなかったのか？　ということはもしかしたら、この国はダイオラーデンと取引がないのかもしれない。

仮眠を取るがなかなか眠れないから寝たり起きたりを繰り返す。陽が落ちて川沿いを歩くと、思った以上に対岸が明るい。立ち上ってくる匂いがもう汗ですらないことに気づいて泣けてくる。それでも川に飛び込んで水浴びをしたい衝動をなんとか抑え込む。

（もうすぐ風呂に入れるんだ。我慢だ我慢……）

一歩歩くたびに、ズボンのベルトあたりにある隙間から、ヤバい匂いが漏れてくる。ここまで酷い匂いを抱えたのは生まれて初めてかもしれない。

【裏話：ふとっちょな男の場合 ～後腐れのない女遊びが楽しくて、跡取りのことは忘れていた～】

先日、ダイオラーデン王国グリオル侯爵家の当主が亡くなった。グリオル家は代々、家を存続させるために秘伝とされていた魔法陣を操る手法を当主となる者にだけ教える決まりになっている。それは親から子へ、子から孫へと何代も引き継がれてきた。

だが此度（こたび）起きた突然の不幸は、グリオル家としては予想の範囲を超えてしまっていた。それ故に、子であるハウリベルームには一切伝えることができていなかった。彼にできることは、使い方を学ばなくても利用できる、悪素の汚染度を調べる魔道具で水を調べることくらい。

歴代の当主たちが大事にしてきた様々な資料を始めとした財産も、魔法陣の解析から魔道具の作製方法なども無意味同然。歴代の当主が次世代へ伝えるために書き残した覚え書きを読んだとしても、文献を読み解く術（すべ）にはならないだろう。その中間にあるものこそが、秘術というものだからだ。

こうしてこれまで当たり前のように培（つちか）われてきたものが、失伝した技術体系（ロストテクノロジー）となってしまった。

当主となった彼に、侯爵家としての価値はグリオルという家名しか残っていない。こうなってしまった彼に残された道は、なんとかして勇者と呼ばれている少年少女を取り込み後見人となること。

そうして侯爵としての威厳を盤石にする。更にはどちらかの勇者の血を取り込んで、聖属性を持つ子孫を残すという手も『有り』だと思うようになってきた。もはやその程度のあがきしか、残されていないのも事実であった。

ただそれよりも、あの男の首を取らねばならない。首を晒して、当主が亡くなった理由にしなければならない。そんな被害妄想的なものが男の小さな何かを揺り動かしているのだろう。

「あの男はどうなったのだ？」

「いえ、その。まだ新しい報告が入りませぬもので……」

「新しく二人、腕の立つ者を雇ったのではないのか？」

そうして執事に八つ当たりするしかない当主の声が、離れに響いていた。

第三章◇異臭騒ぎの原因は俺。

　この国の城下町から見て、俺はおそらく南側の川向かいにいると思われる。川は町の右側から左へ流れていた。町側から緩やかに風が吹いている。今の時期はおそらく北風なのだろう。だから俺は南側にいるのではないかと思っただけだ。この世界がもし、寒い冬場に南風が多く吹くということがあるなら、俺が聞きかじった程度の常識は通用しなくなることだろう。そもそもこの大陸が、北半球か南半球かを確認する術すらないのだから。

『個人情報表示謎システム』の時間は午後七時を回っていた。淡く隙間ない街灯のおかげで、俺の姿もうっすらと見えている。ここに到着する七日の間は、脈動呪『パルス』で完全回復呪文『フル・リカバー』を回し続けたこともあって疲労感は全くない。寝る前に少しだけ食べたから、空腹感もそこまでではない。

　橋を渡ろうという場所まで来た。川の向こうにはかなり大きな町がある。橋の長さは百メートルほどありそうだ。幅はおおよそ軽自動車が余裕で進めるくらい。これまで歩いてきた距離と比べたら些細なもの、だがもどかしく感じるのは仕方のないことだろう。

　早く宿を取りたい。早く風呂に浸かりたい。湯船がなくとも湯をかぶりたい。髪を洗いたい。歯を磨きたい。このヤバい匂いをなんとかしたい。『宿屋ミレノア』にいたときは当たり前のようにできていたことが、ここ七日の間不自由だったから、食欲よりもそちらの欲求が強くなっていた。

おそらく俺には山ごもりのような不自由な生活は、不慣れな性分なのかもしれない。

橋を渡っている最中、町からの風に時折料理の匂いが混ざっている。焼き鳥屋や鰻屋のように購買意欲を煽るような計算されたものとは違い、今まで人が住まない場所を通ってきたからこそ俺には懐かしさを感じるものだった。

橋を渡りきって、そこに町があることを実感させられる。入国審査を受けるような関所があるわけではない。これはとてもありがたい。おおよそ二メートル程度で背の低い柵のような城壁ともいえない欄干に似たもので囲われている町。その囲いより高い建物が少し離れて立っている。

橋の二倍弱はある幅を持つメインストリートの両側に店舗が軒を連ねている。俺が渡ってきた橋から真っ直ぐ道は延びていて、川に沿って右へも道がある。俺が立っているこの、L字型の角が町の入り口になっているようだ。

左側には店舗があるが人の姿は見えない。右側を見ると川沿いの一軒目の店に人の気配があった。迷うことなく俺は店の前に立った。置いてあるものを見る限り、日用雑貨を扱う店舗なのだろう。

「いらっしゃい。何が欲しいの——」

俺を迎えてくれたのは声からして男性。ただ予想を超えていたのが、彼の側頭部よりやや上。リアルでは見慣れないが『リアースファンタジア』やラノベ、漫画では見ることができていたもの。それは紛れもない『ケモミミ』だった。

(なるほどなるほど。これがファンタジーか)

俺は感動を胸の奥にしまっておき、最優先のクエストを消化しようとしたのだが、そうはうまくいかない。

「ちょっとちょっとそこ風上。頼むから立ち止まらないでくれないか？」

そう言うと脱兎（だっと）のごとく店の奥へ逃げてしまった。

「まじですかー」

『あのね、あんたとんでもなく臭いんだ。私ら獣人は嗅覚が優れていてね、これはちょっとたまらない……』

店の奥からくぐもった声が聞こえる。おそらく鼻と口に布か何かを押し当てているのだろう。

「あ、あぁなんともすみません……。宿を探しているんですけど」

逃げた理由はわかったが、俺は引き下がるわけにはいかない。クエストを消化しないと事態が好転しないからだ。

店主かそれとも従業員なのか？　彼は思いのほか優しい性格のようで宿屋が並ぶブロックを教えてくれた。

「ありがとう。身綺麗（みぎれい）になったら寄らせてもらうよ」

『あぁ、期待しないで待っているよ』

振り向くと、さっきまで往来を歩いていた人たちが蜘蛛（くも）の子を散らすかのようにいなくなってしまった。おそらく彼のような獣人種の人たちだったのだろう。実に悪いことをした。早くなんとかしなければと、足早に俺は宿屋のあるブロックへ急いだ。

店を右に見ながらそのまま進む。一つ目の角を左に曲がる。真っ直ぐ行って十字路があって、ここを右折すると宿屋街があると聞いた。

（おぉ、確かにあ、あれ？　ちょ、店が閉まっていく。いや、ドアを閉められちゃった。もしかして閉めた店ってさっきと同じ獣人さん？）

そう思いながらも、一軒目のそれなりに立派な店構えでそれなりに高そうだが、ドアを閉められなかった宿屋へ入ることにした。

「あの、とりあえず一泊いいですか？」

「はいはい」

受付の裏から出てきた男性。何やら手ぬぐいみたいな布で鼻から下を覆ってる。

「おぉ、こいつは確かに酷い。獣人さんたちが逃げるわけだね」

彼はそう言って笑っている。

「色々とやんごとなき事情がありましてその」

「だろうね。これでも人を見るのは得意なほうなんだ。ところで、一泊いくらまで出すつもりかな？」

「はい。銀貨二枚までなら」

「そこまではいらないよ。はい、階段を一番上まで上がって、左に折れて突き当たりの部屋。こちらも商売だからね、少しばかり良い部屋にさせてもらうよ」

「構いません。それじゃ、風呂いってきます」

「各部屋に風呂はついているから大丈夫。ゆっくり入ってくるといいよ」

「ありがとうございます」

俺は鍵を受け取って、階段を上っていく。三階に到着し、左に折れて突き当たり。角部屋と思われる部屋の鍵を開けてドアを引く、中に入るとなるほど結構広い。

入って右側と正面に窓。窓際にベッドが二つ。左にはドアが二つあって、左側が風呂場で右側がトイレみたいだ。良い部屋だけあって脱衣所にはタオルと石けん。歯ブラシに似たものなどのアメニティグッズが揃っている。

俺はその場で全裸になり、服をインベントリに格納。風呂場に入ると、左奥に俺でも足を伸ばせそうな大きさの湯船がある。左右が一メートル五十くらい、長さが同じくらいあるだろう。更に奥にある何か箱のようなものから、お湯がこんこんと湧き出ている。もしかしたら温泉を引いているのかもしれない。

右側に置かれた、手桶を持ってお湯を汲んで頭からかける。

「ゔー、ぎもぢい゛い゛お゛ぁ」

丁寧に身体にかけて、インベントリから小さめのタオルを取り出す。

(これ、水場があったら拭くことくらいはできたんだけどなぁ)

頭も石けんで洗って顔も洗う。タオルをお湯に浸して石けんで泡立てる。全身をくまなく洗って、とにかく危険物になりつつある局部と尻をきっちりしつこいくらいに、洗っては流してを三度繰り返す。匂いを嗅いで確認、おそらくもう大丈夫。擦りすぎでちょっとヒリヒリするけどそこは定期的に回している『フル・リカバー』で大丈夫。実に便利だこの魔法。最後に湯に肩まで浸かる。

「あー……」

ちょいと熱めのお湯がとんでもなく気持ちいい。もはや語彙力消滅。命を狙われたことを除いてすべてが報われた感じがする。

インベントリを見たら、脱いだ服が『汚物』表示、パンツが『危険物』になっている。

「まじですかー」

『個人情報表示謎システム』がそう判断したのだから、獣人たちが逃げるのも頷ける。

「もし俺が風上から現れていたら、ちょっとしたパニック映画みたいになっていたんだろうな……」

とにかく暇を見つけて樽を購入しなければ。水を詰めてそれなりの数を用意しておくべきだと思った。人は反省して賢くなる生き物なのだから。

ゆっくり風呂に浸かって指の皮膚がしわしわにふやけるまでになるほど堪能した。そういえば、インベントリに入っている服は、ついさっきの『汚物』と『危険物』、ダイオラーデンの湖で斬られたときの服。あとこちらへ連れてこられたときに、背中から尻までばっさりになった服。

「あ、そっか。王城で支給された服があったか。あれ着て凌いで着替えを買いに行こう」

風呂から上がって、アメニティグッズにあった歯ブラシで歯を磨く。

「俺、結構虫歯あったんだよね。本当ならあの日の翌日あたり、予約していたんだけどなぁ……。今は多少痛みがあっても先延ばしにできるけど、これ、どうしようかな……」

こちらの世界には歯科医がいるという話を聞いたことがない。そもそも、虫歯があるかどうかも知らない。そこでふと、あることを思いついた。

「これ、いけるんじゃね？」

俺は右上の奥歯。大穴が空いていて、先月大突貫工事の末に銀の詰め物をしてある。一番悪くなった虫歯。大きく口を開けて、洗面所にある鏡に映す。

「あー結構大きいのね。これ、指で触って意思表示みたいにしてさ、『リジェネレート』ってやったら治ら――え？　ちょ、詰め物が口の中に落ちたんですけど？」

　ころんと手のひらに落ちたのが、先ほどまで奥歯に埋まっていたはずの銀歯の詰め物が複数個落ちていることに気づいた。

　見たことがある色の詰め物らしき物体、おそらく間違いないだろう。奥歯を舌で触ってみると、なんと穴が空いていない。

「え？　これって、再生したの？　まじで？」

　俺は覚えているかぎりのところをすべて触ってみた。すべての虫歯がなくなっている。どうなっているのか、自分でもよくわからない。

「とにかくさ、虫歯、なかったことになったんじゃない？　お得な魔法もあるもんだな。あっちの世界だったら、金儲けどころか下手すると消されてるかもだわ……」

　俺は局部にぶら下がっているのを見て、ひとつため息をする。

（再生であって再構築じゃないんだ。こっちは元からだから、都合の良いようにはならないもんだね……）

俺が一階に降りていくと、先ほど対応してくれた男性は口元に手ぬぐいを当てていなかった。『風呂に入る前は相当臭かったんだな』と反省。銀貨一枚で素泊まり三泊とのこと。『宿屋ミレノア』と同じで助かる。

冒険者ギルドの場所を聞くと、中央寄りの十字路の角あたりに特徴的なモザイク柄の壁があるからと教えられた。なるほど、この町でも同じだったということだ。宿屋街を十字路に向けて戻り、そのまま十字路をまっすぐ抜ける。すると左側に覚えのある壁が見えてきた。

（どこへ行ってもこれがギルドだってわかるようにしているんだね。やっぱり看板ついてないや。

木製のドアがあって、かなり大きい。ドアノブがなくて、左側に凹（へこ）んだ部分があるだけ。

『個人情報表示謎システム』の時間は午後九時前。ダイオラーデンの冒険者ギルドは午前八時開店で、午後八時で閉まる。だからこちらのギルドがやっているかどうかわからないのが現状。

（さて？　どうやって開けたものかな？　もしかしたら営業終わっているかもだし。あのおやじさんも営業時間だって言っていたわけじゃないからな……）

そう思ってあれこれ試していたら、するっと右へスライドした。力は全くいらなかった。

（まじか、これサッシと同じ引き戸なのか。ある意味すげぇ……）

中に入るとダイオラーデンみたいなホールになってる。けれど時間が遅いからか、冒険者の姿は見えない。カウンターに人は立ってない。その代わりに俺でも読める可読性のある文字で『ご用の方は鳴らしてください』と書いてあるカードの前に置かれた手のひらサイズのベル。持って振ってみたら『チリンチリン』じゃなく『カランカラン』という感じ、まるでカウベルみたいな音が鳴ったんだ。

『はいはいはい。少々お待ちくださいね』

カウンターの裏側にあるドアの隙間から聞こえてくる感じ。若い女性の声だった。まだ営業しているのだろうか？　ドアが開くと、なんと獣人の女性がそこにいた。ジュエリーヌが着ていた服装にどことなく似ている。それはそうだ。ここは冒険者ギルドだから。

それよりも彼女は耳に特徴があって、大きい、長い、垂れている。まるでダックスフントみたいな感じだ。

「いらっしゃいませ。初めまして、でございますね？　冒険者ギルド、自由貿易都市ワッターヒルズ本部へようこそ。私は受付のクメイリアーナと申します」

(自由貿易都市ワッターヒルズ？　え？　国じゃないの？　それに本部？　ここって冒険者ギルドの本部なんだ？)

「あの、これなんですけど……」

俺はインベントリから自分の登録証を取り出して、カウンターの上に見やすいように、くるりと回して差し出した。

「はい。お預かりいたします。ダイオラーデン支部で登録されました、タツマ・ソウト——しょ、少々お待ちいただけますでしょうか？　今確認して参りま」

最後『すので』を言い切る前に踵を返すクメイリアーナ。それはもう、最初のおっとりとしたお淑やかな所作と違って、もの凄い大慌てでガッツリ走っていった。さすがは獣人の身体能力と言わんばかりの迫力があった。

わずか一分ほどで戻ってきた彼女の額に汗が滲んでいたのがわかる。往路だけでなく復路も走ってきたのは間違いないだろう。

「ソ、ソウトメ様。これより当ギルドの『総支配人』が直接対応させていただくとのことです。どうぞ、受付カウンター左にございます、ドアからお入りくださいませ」

（なるほど。もしかしたら、俺がダイオラーデンの支部で行方不明になっていたと報告があったのかもしれないな）

「急な対応、ありがとうございます」

「いいえ、失礼な対応はございませんでしたか？」

「大丈夫です。丁寧な対応でしたよ」

「そうですか。ありがとうございます」

案内のあった通り、左側のドアが開いた。俺が三人すれ違えるほどの広い通路。受付にいたクメイリアーナが先導してくれるようだ。間違いなく彼女は獣人で、制服の腰から尻尾が伸びているが、なぜか垂れたまま微動だにしていなかった。

すぐ目の前にらせん階段があり、それを三階まで上がっていく。最上階の通路も広かった。左右にドアがあり、正面のドン突きにもドアがあった。もちろん規格外と言えるほどかなり大きい。

クメイリアーナはドアをノックする。彼女はすぐにドア横へ移動した。するとそのドアは外開きで、中から大柄な人が出てきた。その人は俺より頭ひとつ以上大きくて、その立派な腕でぎゅっと胸元へ押しつけるようにして抱きしめてくるんだ。

「ソウトメ殿、生きておられたのですね？」

「え？　虎？　いやちょっとまって、タップタップしんじゃうしんじゃ……」

ベアハッグならぬトラハッグ状態。俺は口から具が出てきそうな勢いで締め付けられてあわや昇天手前だった。けれどあっさり数秒後に回しっぱなしの『フル・リカバー』で完治するのが皮肉とも言える。

「いや、申し訳ない。つい、感極まってしまってだね」

声から察するどころか、俺の顔が埋められていた胸元も立派に女性だった。けれど腕は筋骨隆々で俺の太ももなみにご立派な感じだ。

俺が今着ているあっちの王城の支給品よりも立派な感じ。まるで自衛官のようなデザインで、レンガ色のシックなパンツスーツ。髪から腕の毛からすべてが『虎』。側頭部よりやや上にある耳の形も猫というより虎。頭を覆う髪は襟足は虎の色合いでベリーショートだが、左右は白い毛のボブになっている。

「クメイ君、遅くまで残ってもらって申し訳ないのだが、事が事だけにもう少しだけすまない。ついでに、お茶を持ってきてくれると助かるんだがね？」

「はい。かしこまりました」

きちんとした一礼。なんとも落ち着いた所作が戻っている。さて、俺とこの大柄なお姉さんが残ったわけだ。

「とにかくだね。君が生きていて安心したよ。リズレイリアがもの凄く心配していたものだからね」

「ご存じなのですか？」

「ご存じもなにも、私と彼女は旧知の仲でね、私がギルドに引き入れたんだよ」

「なんと」

「あ、こんな口調だが、構わないかな？　ギルドの大恩人である君には本来敬語を使うべきなんだろうが……」

「構いません。普段の口調でどうぞ」

「助かるよ。さて、なにせ君はギルドにとって最重要人物だ。リズレイリアから自分では処理しきれないからと『飛文鳥（ひふみちょう）』を使って相談を受けていたんだよね」

なるほど、リズレイリアもジュエリーヌと同じ状態になっていた。そこで上役と思われる彼女に相談をしていた。そういうことなのだろう。ちなみに飛文鳥とは『文を飛んで届ける鳥』の文字通り、伝書鳩（でんしょばと）のように文書をやりとりできる魔道具らしい。

「ソウトメ殿が、七日ほど前に行方不明になったと連絡を受けてね」

「なんていうか色々すみません。これが原因です」

俺はインベントリにあった手配書を差し出す。そのあと、思い当たる節を説明する。彼女は腕組みをして何かを考えているかのようだったが、時折口元から覗く牙が少々怖く感じた。

俺はあの夜あったこと。偶然助けられたあの命の恩人のことは伏せた。少なくとも、タイミングよく斬られたから、死ぬことがなかっただけ。そういう感じに説明をした。

「なるほどね。どちらにしてもこの依頼を出した者は、我々ギルドに宣戦布告をしたのと同等の行為をしたわけなんだよ。さて、どうしたものかねぇ……」

うわ、怖い。マジ怖い。口角が上がっていかにも虎。

「ところですみません。あの――」

俺は『あなたはいったい』という意味で手のひらを前に差し出す。やっと気づいてくれたようで、何やら苦笑していた。

「あぁすまない。まだ名乗っていなかったね。私は虎人族、人族ではなく魔族でね、名をプライヴィア・ゼダンゾークという。これでも一応、虎人族の国では爵位を持つ家柄でもあるんだよ」

「虎人族で魔族で、貴族なんですか？　ゼダンゾークさんだけに？」

情報量多すぎ。ただでさえプライヴィアはインパクトが強すぎたから。

「まあ、そういうことだね。このワッターヒルズも、私が作った都市なんだ。人族の人界と魔族の魔界の間にある姿形や生活習慣の違う種族が手を取り合って生きていける都市。国ではなく『貿易都市』を名乗っているのはそんな理由があるんだよ」

「そうだったんですね。あ、ところですみません」

「どうしたのかな？」

「ちょっとだけ手を良いですか？」

「この毛と爪が、それとも手のひらが人族の君には珍しいのかな？」

毛のある手の甲はわからなかったけれど、手のひらははっきりわかる。プライヴィアの指は、第二関節まで真っ黒だった。

「なんともまぁ、虎人族さんはどれだけ我慢強いんですか？　もういいや説明めんどくさい。『ディズ・リカバー』、『フル・リカバー』、これでいいでしょ？　ほら、こうすると痛いですか？　痛くないですか？」

俺はプライヴィアの指をちょっと強めにマッサージするように揉(も)み始めた。

「ちょっと待ってくれたまえ。君は何を？　……あぁ、これが報告にあった『あれ』なんだね。私もね、ここまでのものは初めて目にするから察することができなかったよ」

プライヴィアは自分の指先を見ていた。やはりこの人ですら悪素毒(おそどく)に浸食されていることを自覚していた。常に尋常じゃない痛みを感じていたはずなのに、顔にも出さない、弱みを見せない。とんでもない強がりだったわけだ。だがなぜか色々腹が立ってくる。

「そもそもプライヴィアさんは人間なんかよりも強いんですよね？」

「あぁ、もちろんそうだよ」

「俺はギルドにとって、最重要人物なんですよね？」

「あぁ、そうだとも」

「それならなぜ、リズレイリアさんから相談を受けたときにプライヴィアさんが直接来ないんですか？　もし来てくれていたら、俺は襲われずに済んだかもしれないんですよ？」

「あぁ、それは申し訳なく思っている。後手に回ってしまったのは、私の不徳の致すところだと十分に……」

これまで口調に勢いのあったプライヴィアが言い淀んでいる。少々言いすぎたかもしれない。反省すべきだろうか？

「ごめんなさい、ちょっと八つ当たりしました。それよりですね、我慢は美徳でもなんでもありません。いくら虎人族だからって、痛いものは痛いんでしょう？」

「あぁ、それは間違っていないよ」

「ダイオラーデンにいる城下の人たちは、ほぼほぼ治療の目処が立った状態です。残っているのは症状の軽い人だと調べもついています。それなら」

「それなら？」

「俺はここで、俺にできることを精一杯やるだけです」

再度プライヴィアにトラハッグされた。でも今度は苦しくない。凄く良い匂いで、温かくて、なんだか色々な気持ちが伝わってきそうな、そんな感じ。

「私がもし今でも独身だったなら、無理をしてでも婿に迎えるところだろうね。とても男気があって優しい子だよ」

苦しくなくてもがっしりとロックされていて『逃がさない』という意思表示を感じる。

「うちにも若い子はいるから、婿に迎えることは可能だね。そうするとだよ、まずは――」

「だ、大丈夫ですって。守ってくれるなら逃げませんから」

「あぁ。約束するよ。まぁあれだ。君に想い人がいるのなら無理にとは言わないよ」

想い人と聞いて、俺の頭に浮かんだのは二人の女性。一人は一回り以上年下で、バスの中で毎日見ていた笑顔の可愛らしい黒縁眼鏡の女の子。もう一人は、俺の命を救ってくれた、黒い瞳が美しい恩人の女性。どちらにしても、ぼっち気質な俺の脳裏に一番最初に浮かんだ女性というだけの話。

「べ、別にいるというか、いなくもないというか」

「ほほう。気になる子はいるということだね？　うんうん、男の子だ。それなら私も野暮なことは言わないようにしよう。だからね、私の家族とも言える、この町の子たちも助けてくれるかい？」

「わかっています。とにかく冒険者さんを動かして、症状の重い人から連れてきてもらえるよう頼んでもらえますか？」

「あぁ。すぐにでもそうさせてもらうよ」

「まずはギルドの職員さんたちからですね。しっかりと働いてもらわないと駄目ですし」

コンコンとノックする音が聞こえた。

「失礼致します。お茶をお持ち致しました」

「そうだ。この子をお願いできないかな？」

「な、何を冗談言っているんですか？」

「おや？　ソウトメ殿は勘違いされておられるようだね。私がお願いするのは悪素毒治療のことなんだけどね？」

「人が悪いですって……」

「どのようなお話をなさっていたのでしょう？」

「まぁいいから。こっちに座ってソウトメ殿に手を見せなさい」

「はい……」

クメイリアーナは、首を傾げつつプライヴィアの言う通りにする。ところどころ銀色のワンポイントが混ざった茶色の髪。耳はやはりダックスフントタイプのもの。彼女はジュエリーヌたちのように薄い手袋をしていた。ブラウスの袖との隙間にはうっすらと茶色の産毛が見える。獣人種はこんな感じなのだろう。手袋をしているということはやはり、擦れると痛みを感じるのだろう。

「手袋、失礼しますね」

「ど、どうぞ」

「……思ったよりも浸食が進んでいるんですね。とりあえずいいか。迷わずこっちだね、『ディズ・リカバー』、『フル・リカバー』」

クメイリアーナの第一関節より多く浸食の進んでいた悪素毒の痕跡が消えていった。目を丸くして驚く彼女。

「あの、あのっ、この方がもしや？」

「そうだよ。彼があの支部にいた、『ギルドの聖人様』だよ」

「そうですか。この方があの……」

思いがけないパワーワードが俺の耳に飛び込んでくる。

「ちょっ、……なんですかそれ？」

「聖女様の反対語は聖人様で間違いないと思うが、どうだろうか？」

「それはそうかもですけど、なぜに俺が？」

プライヴィアはその大きな手のひらで俺の頭をぐりぐりと、撫でる撫でる。それはまるで、子供をあやすかのようだった。

「これまで君は何人、救ったのかな？　百人、いや、二百人ではないだろう？　これから何人救うつもりなんだい？　このような功績を挙げた君が聖人様でなければ、聖女と呼ばれた女性はまやかしになってしまう――いや、龍人族の聖女様は本物だろうけどね」

プライヴィアの大げさとは言えない俺の実績。同時にさらっと聞こえた『龍人族』という言葉。

（まじか、龍ですか？　龍人ですか？　これ以上ファンタジーな存在がいるんですか？　それもリアル聖女様ときたもんだ）

『個人情報表示謎システム』の時間は午後九時を回っていた。冒険者ギルド本部の営業時間は午前九時から午後九時とのことで、閉店作業などをするためクメイリアーナは受付に戻っている。

「ソウトメ殿」

「なんです？」

「ダイオラーデンからの報告なんだが、あちらのある貴族家から依頼が入ったらしいんだよ」

俺の前に出されたものは、もちろん見覚えのある内容だった。『タツマ・ソウトメの捜索及び身柄の確保』であり、条件に書いてあるのは『状態は生死を問わない』というもの。

「これって……」

「そうだね。君が持っていた手配書と同じ内容だ。出所は同じだろう。リズレイリアもそう考えているとの報告だよ」

実に質が悪い。かといってこの、ワッターヒルズに迷惑をかけるくらいなら、この先へ逃げたらいいだけの話だ。俺は大げさに肩をすくめてみせる。

「俺を引き渡せば済むだけの話ですよね？」

「私がそのようなことをすると思うかい？」

「どうでしょう？」

これはただの強がりだ。冒険者ギルドの総支配人、プライヴィアを試す意味も含んでいる。

「君の身柄を引き渡すくらいならね、私は喜んであの国と事を構えるよ」

「はい？」

「元々この冒険者ギルドはね、その国のその場所にあるだけなんだ。正当な料金を支払い、手に入れた土地の上に建物があるだけ。別にその国に属しているわけではないんだよ。いざとなれば引き払えばいい。このワッターヒルズが私のものである事実と同じように、ギルドももちろん私のものだからね」

凄いことをさらっと言う人だ。

「君は既にギルドの重要人物だ。故に君は私のものだ。このような輩へ君を渡す理由がどこにあるというのかね？」

怖い。笑顔の口元から覗き見える牙がとても獰猛だ。けれど味方につけたならば、これほど頼れる人がどこにいるというのだろう？

「そういえばなんですが、この手前の部屋は使っていますか？」

「この階は私の書斎などがあるだけだよ。片方の部屋は仮眠を取るために作らせた部屋だが、最近はほとんど使っていないよ。定期的に掃除をさせてはいるけど、それがどうしたのかな？」

仮眠室なら、それは好都合だ。

「それならですね、俺はしばらく行方不明ということにしておいてもらえますか？」

「ほほぅ、何か良い考えでもあるのかな？」

「はい。今すぐどうこうできるわけではないんですが、何があっても『負けない方法』を思いついたんです。それが実行できるまでの間、その空いている部屋に寝泊まりして、この建物から外へ出ないことにします。そうしておけば俺に万が一は起きませんよね？」

「確かにそうだろうね」

「もちろん、明日から治療は始めます。必要なものは、依頼を出して買い物をお願いしたらいいと思っています。それなら別に不自由は感じないと思うんですよ」

「なるほど。それはいつまで続くのかな？」

「二、三日というわけにはいきませんが、そんなに遠くはないと思っています」

俺は自信満々にそう言ってみせた。

俺はワッターヒルズに到着した翌日から、悪素毒治療を始めることとなった。総支配人のプライヴィアは、冒険者に強制依頼を出した。それはもちろん『悪素毒により重症となっていると思われる者の捜索及び運搬』だ。担架に乗せられて、冒険者に背負われて到着した症状の重い人たちは、俺の治療を受けて笑顔で歩いて帰ることになる。もちろん『秘密』にしてくれるそうだ。

ちなみにこのワッターヒルズは、ダイオラーデンよりも広い。貿易都市だけあって人の出入りは多いほうだが、住んでいる人はあちらの二倍半、五千人はいるとのこと。こちらの串焼きも銅貨二枚で売られているらしくて、それに合わせて治療費は銅貨十枚を受付で支払ってもらっている。どの人も『本当にいいの？』と再確認するらしい。

服もズボンも靴もギルドの支給品。俺が借りた部屋には風呂がついている。さすが総支配人が使う仮眠室だ。散歩はできないが屋上に上がれば日光浴はできる。別に不便は感じないと思う。

二十四時間本部の建物内にいるなら、俺の身の安全は確保されているようなもの。なにせここにはプライヴィアをはじめとした虎人族、熊人族など体格的にも恵まれた職員や冒険者がいる。ダイオラーデンの冒険者と違って、ワッターヒルズの人たちは魔獣なる凶暴な獣を狩るらしい。それならもし、あちらからわざわざ追っ手が来たとしても、簡単に突破できるとは思えない状況だ。

治療を終えると、ギルドの受付で俺が依頼を出した品物を受け取る。駆け出しの若い冒険者に受けてもらう依頼を出してくれて助かると言われた。

（ただの買い物なんだけどさ。それもダース単位のね）

ワッターヒルズの本部でも、俺は六勤一休で動くと伝えてある。今日がその六日目だ。常時『パルス』で『フル・リカバー』を回し続けているから疲れを感じることはない。それでも精神的な強い疲労はあるから休みは必要。

夕食は終わっているが、余暇を過ごすことが難しい状況。なぜなら、外へ飲みに出かけるわけにいかないからだ。仕方ないから、インベントリにストックしてある串焼き五本と酒を取り出して晩酌を始める。仕事のあとの酒だから格別なのは間違いないが若干物足りない。ギルドの建物内とはいえ記憶がなくなるまで飲もうと思ったが、十秒ごとにさっぱりするのはいただけない。解毒呪文の『デトキシ』じゃないから、酔いが覚めるようなことがなかったのは幸いだった。

俺は昼食をプライヴィアと一緒にとるようになった。食事の後はお茶を飲みながら、ダイオラーデンから入る情報を聞いたり、俺の治療活動の報告をすることもある。
「さて、午後もじゃんじゃん治療しますよ」
「あのねぇタツマくん」
プライヴィアは最近俺のことを、『ソウトメ殿』ではなく『タツマくん』と呼ぶようになった。

「はい？」

「外はもうかなり冷え込むことがある。人族はもとより我々獣人種でもこの寒さはそれなりに堪えるんだよ。そんな彼らを外に並ばせるというのかい？」

「え？」

(外ってそんなに寒いのか？　俺は普段建物から出ていないから、あまり気にすることはなかったんだけどさ……)

「これだから若い子はねぇ」

「若い子って俺、三十一歳ですよ？」

年配の男性から若造と、女性にお兄さんと呼ばれることはあっても、若い子と呼ばれることはまずない年齢になっている。だからつい反論してしまった。このあたりが若いというのだろうか？

「そう、なんだね。まだ三十一歳だったのかい」

そう言っては、頭を撫でてくる。とても優しくて、気持ちの良い撫で方。

(いやいやいや、まだってそうじゃないでしょ？　俺、大人の男だよ？)

「だーかーら、子供扱いしないでくださいって」

「子供扱いね、……君くらいの子は背伸びをしたがるころだからね。ところでタツマくん」

「はい？」

「私は何歳に見えるかな？」

いくつと聞かれても困る。獣人種で、それなりに立場の高い人だ。少なくとも俺よりは年上なのだろう。

「そうですね、……三十代、半ばというところでしょうか？」

「ふふふ——あはははは、そ、そうなんだね。これはまいった。そう見てくれているのは女としてとても嬉しいことだよ、うんうん」

プライヴィア豪快に笑いながらまだ俺の頭を撫でている。年齢の予想を外したのは間違いないのだが、そんなにおかしいことを言ったのだろうか？

「私はね、こう見えて百三十二になるんだ」

「へ？　ひゃくさんじゅうにさい、ですか？」

聞くと魔族である獣人種は、人族よりも長命。寿命はおおよそ人族の数倍。

(やっべ、ファンタジーきちゃったわ。そっか。だからあれだけ悪素毒の浸食が進んでいたってことなんだ)

後から聞いた話、冒険者ギルド職員の半数以上が俺よりも年上だったのは言うまでもない。

頭が重く、傾けるだけでどろっとした感じが気持ち悪い。体中だるくて仕方がない。昨晩は酒をかなり飲んだ。二日酔いなのか？　それとも寒くなったから体調を崩したか？
この建物内は安全だから、酒を飲むときだけは『パルス』を『ディスペル』で解呪することにし

ていた。なぜなら、まともに気分良く酔えないからである。

「『デトキシ』、……あれ？」

おかしい。魔法が発動しない。『個人情報表示謎システム』を目の前に投影させると、魔素残量が枯渇しているのがわかる。

最近は寝る前にマナ茶を飲んで『マナ・リカバー』をかけておけば、朝起きるまでぎりぎり枯渇を回避できるほどに魔素の総量が増えてきていた。けれど昨晩は酒を飲んでいたから、その上『パルス』の解呪を忘れていたから、魔素が枯渇してしまった。故にこのざまである。

とりあえずマナ茶を飲んで、解呪できるぎりぎりまで待つことにしたとき、変な数値が目に入ってくる。

「あれ？　なんだこの回復属性3Cって？　えっと」

16×3で48は置いておく。Cということは12。48＋12で60。

「え？　60？　え？　あ、もしや。うっそん。有効化（イネーブルド）されてるじゃないの？」

回復属性の魔法一覧に、先日まで無効化（ディセーブルド）されていたレベル60の魔法、蘇生（そせい）呪文の『リザレクト』が有効化になっている。俺は反射的に、あのときの麻夜（まや）のように両手を天に突き上げて喜んだ。

「やった、ついにやっと、上がったのか。長かった、実に長かった。これさえあれば俺は『絶対に負けない』。そうだ、検証だ。これで検証が終われば外出できるよ……」

とにかく俺は、『マナ・リカバー』をかけて魔素の回復に努めたが、すぐに『パルス』による『フル・リカバー』が回って苦笑する。それでも、魔素の回復の度合いもレベルが上がったことで早くなったからか、マナ茶との併用さえしていれば枯渇することはなくなった。

魔素残量が半分ほどまで回復したあと、俺は冒険者ギルド建物内にある食堂に来ていた。もちろん朝食をとるため。今日、俺が休みなのは職員の皆も知ってる。だから生暖かい目で見守ってもらえているのだろう。

朝食を食べ終わると俺は、受付カウンター順番待ち列の最後尾に並ぶ。前に並んでいた冒険者も俺の治療を受けた人。『何してるんだろう』と思われているのかもしれない。

「いらっしゃいませ、……ソウトメ殿、何をされているのですか？」

顔を横にずらして俺を見た、クメイリアーナの声のトーンが後半変わっていた。なんだろう？この目は見覚えがある。そうだ、最近だとプライヴィアだった。少し前ならダイオラーデンでも見たことがある。俺のことを『駄目な子』として見るような目、なるほど見覚えがあるわけだ。

「一応、俺も依頼をしにきたんだけど？」

「あら、そうだったのですね。申し訳ありません」

目が泳いでいるからすぐにわかる。笑って誤魔化(ごまか)してるのが見え見えだ。

クメイリアーナから白紙の依頼書を受け取って俺は要件を書き入れる。最後に名前を書く。これで出来上がりだ。

「これお願いできるかな？　大至急で」

「いいのですか？　銅貨五十枚、とか……」

クメイリアーナが口にした瞬間、若手の冒険者が数人、こちらを見ているのがわかった。

「別にいいですよ。だって俺はまだ、外出できない理由があるんですから」

俺から銅貨五十枚、手数料の五枚合わせて五十五枚を受け取ると、クメイリアーナは受領印のようなものをポンと押す。

「はい。受付は完了いたしました。では、お部屋でお待ちくださいね」

気配を感じて振り向くと、既に依頼書を貼り出す場所へ我先にと移動する者までいる。

「あー、うん。お願いします」

俺はそのまま部屋へ戻ることにした。『個人情報表示謎システム』の時間で三十分も経たずに桶を持ってくる冒険者の姿。そっと開けるとそこには見覚えのある川海老が二十匹ほど折り重なって動いていた。茹でたらうまそうだ。あとで食べられるか確認してみるのもいいだろう。

「はい。間違いないです。ありがとう、ご苦労様です」

依頼は達成になった。あとで聞いた話、俺が去ったあと依頼書の争奪戦が繰り広げられたらしい。簡単な依頼ほど、ややこしいのが相場。失敗すると罰金が発生する。けれどこれは簡単な依頼だ。達成したなら串焼き二十五本分の報酬が待っている。駆け出しの冒険者なら良い稼ぎになるから、我先にとなるのは仕方ないだろう。

まずは前回、反転呪『レヴ』を検証した際の続きになる。インベントリからマナ茶を取り出して飲み、『マナ・リカバー』をかけておく。これで準備は完了。

まずは跳ねない系の川海老を一匹取り出して。左手の手のひらの中央に置く。

「えっと、『レヴ・リカバー』、……あ、一発かよ」

ひっくり返ることもなく、動かなくなってしまう。指でつついても動かない。ひっくり返しても足すら動いていない。わかっていたとはいえ、あまりにも惨い結果だった。

「いくら負けないために必要とはいってもさ、俺は命を弄んでいるんじゃないか？　人として、終わっているんじゃないか？　……うん、考えたら負けだ」

今発動した魔法で減った魔素があっさり満タンになっている。

「『リザレクト』、……あ」

俺の手のひらに転がっていた川海老の足が動いた。自力でひっくり返って手のひらの上で少し移動する。

「すげ、……まじですかー」

川海老は確かに死んでいたはずだ。これまで悪素毒治療で発動させてきた他の呪文の信頼性は十分高い。それでも回復と蘇生では驚きの度合いが違いすぎた。

俺は川海老に『ごめんな』と手を合わせる。

「『レヴ・デトキシ』、……やっぱりか」

悪素毒の毒素を高めるとやはり動かなくなる。これは検証済み。もちろん、『リザレクト』で蘇生する。

あとは様々なシチュエーションを再現しては、蘇生呪文の検証作業を続けた。胴体をちぎったり、潰したり。最後に一番ヤバいと思われる方法を試す。

「『レヴ・リジェネレート』、……あぁ、まじですかー」

再生呪文の反転、破壊か分解となるのも検証済み。手のひらに粉状になった川海老がいる。

「リ、『リザレクト』——ぉおっ」

なんと、蘇生が成功した。一瞬で分解された川海老が、時間を巻き戻すかのように再構築されていった。ただ、これ以上はできない。あと試すべきは、分解されたものを混ぜて蘇生したらどうなるのか？　これは今やらなくてもいいだろう。俺はそう思った。

最後のひとつ前の検証作業。『個人情報表示謎システム』の画面はずっと出したままだ。俺は自分の胸に手を当てる。

「『リザレクト』、……うん。発動してるね。魔素は減ってる」

相変わらず十秒ごとに『フル・リカバー』分は減ったり増えたりしてはいる。それ以上に魔素が減ったから、見た目は何の効果もないように思えたが、間違いなく俺自身にも『リザレクト』は発動している。

「よっし、さ、最後の検証だな。まずは『ディスペル（解呪）』、っと。最後に『パルス』、『リザレクト』。……いいね、ちゃんと魔素が減ってる」

間違いなくおおよそ十秒ごとに『リザレクト』分だけ魔素が減っている。最低限『マナ・リカバー』を欠かさなければ、魔素が枯渇することはないはずだ。思った通り、少し減ってはじわりと増えてを繰り返している。

そのあと俺は総支配人室へ向かった。ノックをするとプライヴィアは在室のようだ。

「タツマですけど」

『入ってもらって構わないよ』

入ると同時に、またトラハッグされる。ここのところ毎日だ。プライヴィアなりなのか、それとも虎人族特有の親愛の表現なのか。

「おはよう。我が親愛なる聖人様。いつも領民の治療をありがとう」

プライヴィアはワッターヒルズに住む人、訪れる人たちを領民と呼ぶ。

(ワッターヒルズはプライヴィアさんが作った町なんだから、間違いはないんだろうけどね。町だけにね)

「おはようございます。苦しいですって」

「あぁ、すまないね。ところでどうしたのかな？　まだ昼食には早いと思うのだが？」

(昨日も一昨日も、ここんところずっとお昼一緒だったからね。おかげで色々こちら世界のことを教えてもらっているから俺も楽しみにしていたんだよ)

それでもさすがに外へ出られないのは辛(つら)かった。けれどこれが成功したなら、もう怖いものはなくなる。

「今朝方に回復属性がカンスト(カウンターストップ)、……んっと先日お話した『負けない方法』を手に入れました」

「ほほう？」

「その最終確認のために、外へ出る必要があるんです」

「それなら私も同行させてもらって構わないかな？」

「いいんですか？　見ていてあまり面白いものではありませんけど……」

「今更何を見せられても驚くことはないと思うんだがね」

これは絶対に引き下がらない。俺の言い方が悪かったのか、興味津々な表情になってしまった。

「わかりました。それなら行きましょうか」

プライヴィアはさすがに目立つからか、冒険者ギルドの建物から歩いていくわけにもいかないだろう。俺たちは彼女所有の馬車で移動することになった。この馬車が誰のものかわかっていても、追いかけてきてまで挨拶する人はいないようだ。

川にかかる橋を渡って、小高い丘のある方角へ。丘の手前で馬車を止めてもらい、御者をつとめてくれているギルドの職員を残して二人で歩いて移動する。

小高い丘というか崖が見えてくる。おそらく一番上は二十メートルを超えるだろう。プライヴィアには下で待ってくれるように頼んだ。

「何をするんだい？」

「だから言ったじゃないですか。面白くありませんって」

「それは見る者によって変わると思うんだがね」

プライヴィアの口角が上がって牙が見え隠れ。俺が何やら隠していると思っているのだろう。

(隠しているっちゃ隠しているんだけどね。回復魔法、詳しくないのかもだよな。さてと)

俺はプライヴィアを、砂利やゴロタ石が敷き詰められている一番低い川原に残して坂を登っていく。こちらへ来たときよりは体力がついているからか、これくらいは何でもない。あっさりと崖の一番上まで登り切る。

「ひょぉおお、……たっか。ここならきっとあれだよ。うん」

プライヴィアは目がいいのか、俺を見上げて手を振っている。俺も彼女に手を振り返すと、最後の準備に取りかかった。

マナ茶を飲み、『マナ・リカバー』かけて、『パルス』で回しっぱなしになっている『リザレクト』が機能していることを再確認。『個人情報表示謎システム』の画面を出したまま、『リザレクト』に必要な分の魔素が減っては増えての繰り返しが見て取れる。

「さて、覚悟をしますかね……」

もし失敗したらここで終わる。ここには俺を蘇生できる人がいないだろうからね。この『リザレクト』を疑ってしまうと、俺を信じて悪素毒治療に訪れてくれた人を、治療に使用した回復魔法を否定することになってしまう。

さすがにそれは駄目だろう。胸を張って治療に当たるためにも、信じることが必要だ。

「よし、決めた。ここは一発、あれでいこうか」

(大丈夫。十秒ごとに『リザレクト』がかけ続けられてる。うん、絶対大丈夫だ)

俺は子供のころによく見た、変身ヒーローの変身ポーズを真似(まね)る。

「変身っ、……とうっ!」

俺は変身ヒーローが飛び降りるポーズのまま、助走をつけてしまったからか、勢い余って真っ逆さまに落ちる。

バンジージャンプの経験はないけれど、おそらくこういう感じかもしれない。ジェットコースターの降りる瞬間にも似た浮遊感を感じる余裕はない。なぜなら低すぎたからである。

（あぁ、走馬灯なんて、どこにもないじゃん……）

考える暇もなく、顔面から着地したと思われる音が耳に入った瞬間。意識が途切れた――。

「――くはぁっ」

（知らない天井というより、空？　ここ外だもんな。そらそうだ、空だけに）

大きく息を吸った。『個人情報表示謎システム』では、生命力の数値が本来あるはずの十分の一になっている。マナ茶と『マナ・リカバー』のバフは消えているようだ。おそらく蘇生の段階で、リセットされるものもあるのかもしれない。だが相変わらず『パルス』で『リザレクト』は回り続けているようだ。『パルス』は脈動呪だけあって文字通り『呪い』なのだろう。

俺の横には片膝ついたプライヴィアが、唖然（あぜん）とした表情で固まっている。彼女はゆっくりと口を開いた。牙が怖い。眉がつり上がって、『これは駄目なパターン』だと思った。

「この大馬鹿ものがっ！」

「はいっ、ごめんなさいっ」

そこからお姫様だっこされ、馬車に乗せられ、部屋に連れていかれ、こんこんと小一時間お説教をくらった。

「だから面白いものではありませんよと、あれほど――」

「限度がある。それにだね、なぜ予め説明をしなかったんだい？」

（うーわ。マジギレしてる。珍しいわ。そりゃ、あんなことしたら誰でも驚くか）

「説明したら、止めたりしませんか？」

「おそらく止めていただろうね」

「そうでしょう。だからやって見せるのがいいと思ったんです」

「まるで戦場から戻ってきたような気持ちだよ……」

戦場に出たことがあるということは、それなりに酷い経験もあるのだろう。プライヴィアでもトラウマレベルの衝撃だったのだろうか？

（あったからこんこんと怒られたんだろうけどね……）

「ですがこれで確信しました。俺は絶対に負けることはありません」

「そうなのかい？」

うわ、呆れてる。いつもの俺を見る目。駄目な子を見る目だ。

「息があれば完治できますし、もし死んでも十秒くらいで戻れます。やっと外に出られますね」

「……ところで君は本当に、人族なのかい？」

「どうなんでしょう？　俺にもよくわかりませんけどね。ご存じと思いますが、『個人情報表示』には人族と書いてありますよ、一応」

呆れるプライヴィア。それでもこれで俺に許可を出さないわけにいかなくなっただろう。こうしてやっと、プライヴィアから外出許可をもらうことができた。

買い出しとお酒を飲みに行くだけ。それ以外は、慣れてしまった冒険者ギルドの部屋に戻ってくる。ダイオラーデンと違って、別に借りたい宿があるわけではないから。

——その晩、お酒を飲んで帰ってきた後、ベッドに横になって考える。

（回復属性、おそらくカンストだよね？　無効化になってる呪文もないし。経験値が見えないからなんとも言えないんだよなぁ……）

俺はこれで外へ出られる。薬でも盛られて拘束されさえしなければなんとかなるだろう。もしそうなったとしても、『レヴ』を組み合わせたなら逃げ出すことも可能なはずだ。

悪素毒被害の根底となる発生源や予防をどうこうすることはできないが、治療することはできている。怪我も病も、虫歯さえも完治させられる。俺はただ『治ってほしい』と願うだけ。成功するかどうかは、おそらく『個人情報表示謎システム』が握っているのだろう。

俺が来たあちらの世界では神と崇められてもおかしくない能力を有している。でもこちらではあり得る能力だ。あちらで生きるはずだった世界線と、こちらで生きることになった世界線は表裏一体。召喚した者という第三者に介入されたことで、俺の人生も大きく変わってしまった。

もしこの力があちらの世界でも顕現していたなら、俺は亡くなった父も母も、祖父も祖母も助けることができただろう。ただ悔しい思いをしたあの日を忘れることはできない。

だからこそ、俺はこちらで遠慮はしたくない。俺の目の前で死ぬべきでない人は死なせてやらない。俺ができることを全力でやるだけ。俺にできることは些細な抵抗でしかないと思っている。

回復属性がカンストしたと思われたあの日から七日。相変わらず『パルス』と『リザレクト』はぶん回しまくっていることもあって、起きると魔素は枯渇気味。起き抜けにマナ茶を飲んで『マナ・リカバー』をかけ直すのが日常になっている。

ギルドの食堂で朝食をとっていたとき、俺の後からやってきたプライヴィアは、当たり前のように目の前に座る。同じように朝食を食べ始めた。

食べ終わる前に珍しく彼女のほうから話を切り出した。

「タツマくん。屋敷を持つつもりはないかい？」

プライヴィアは案外唐突な切り口の話をすることが多い。

「な、なんですか、藪から棒に——いえ、その急展開は？」

「いやね。君も外出できるようになったじゃないか？」

「はい、確かに」

「このワッターヒルズを作ったばかりのころに、寝泊まりするだけに使っていた私名義の小さな屋敷があってね」

（それって何年前なんだろう？　もしかしたら俺、生まれてなかったりして？）

「そうなんですね」

「独身のころは良かったんだが、部屋が四つしかないものだから手狭になってしまってね、しばらく使っていなかったんだよ」

(『独身のころは良かった』というからにはさ、プライヴィアさんって既婚者ということになるよね。これだけパワフルで豪快な女性なんだ。旦那さんはさぞ、豪傑なんだろうな……)

「そ、そうなんですか？」

「もちろん、ギルドで管理させていたから汚れているところはないはず。だからね、『君に屋敷をもらってくれないかな？』とお願いしているつもりなんだが、どう思うかね？」

「……唐突すぎませんか？」

「そうかな？　手狭ではあるがいい屋敷だよ。お風呂もね、魔道具を使っていていつでも入れ――」

「ありがとうございます。喜んで使わせていただきます」

俺はプライヴィアの手を『これで契約は完了です』と言わんばかりに両手で握って感謝をする。

「き、急に態度を変えたりしてどうしたんだい？　そうしてくれるのなら、私としても助かるんだが、……ね」

口角の上がったプライヴィアの笑顔は何か含みがあるように思えたが、風呂の一言で俺の心は一本釣りされてしまった。なにせ風呂だ。何はなくとも風呂だ。あの七日間を経験した俺には、風呂という餌に飛びつかない選択はあり得ないわけだ。

「でも、本当にいいんですか？」

「君の報酬はね、安すぎるんだ。本来であれば私なんかよりも多く受け取るべきなんだよね」

「ですが俺、これ以上受け取っても使い道がありませんし……」

銅貨十枚のうち半分は俺がもらうことになっているから、例えば一日百人治療するとしたらそれだけで銅貨五百枚、銀貨換算五枚になる。あちらの価値でおおよそ五万円になるわけだ。

週六日で銀貨三十枚。それに冒険者ギルドでの報酬と、プライヴィア個人の報酬上乗せでかなりの額になっている。正直、ダイオラーデンにいたときの数倍どころの話ではなくなってしまった。

だから彼女はこのような提案をしたのだろう。

「報酬で受け取ってもらえないなら、君が欲しがるものは何なのか？　リズレイリアと相談していたんだよ」

（リズレイリアさん、何してんですか？）

「そこで私の屋敷を、ということになったんだよね」

「なるほどです」

（納得はしてないけどね）

「屋敷の管理はギルドでやらせていたが、今後の掃除は駆け出しの冒険者にその都度依頼してもいいし、専属のメイドを雇うのもいいだろうね」

「……え？　メイドさんって、現存する(いる)んですか？」

『メイドさん』、それはそれは都市伝説であり、物語の中でだけ生きる存在。あちらの世界では、有名電気街に生息している話は聞いていた。だがそれは姿を模倣(もほう)しているだけ。本職の方には出会ったことは一度もなかったという報告がどこぞのブログにあったはずだ。

「ん？　メイドは女性の従事、侍女のことだよね？　ごく一般的な職だと思うけど？」

「そうかぁ、メイドさんかぁ。ほんとに存在してたんだぁ……」

「大丈夫かい？」

「あ、はいっ。大丈夫です」

しばらくは掃除が必要になったら冒険者ギルドで依頼を出す。住み込みは俺的にもまずいと思うから、『通いのメイドでもいずれ募集してもいい』と思う俺だった。

今朝まで使わせてもらっていた部屋の中に私物はない。なぜなら俺には空間属性、インベントリがあるからだ。引っ越しも手ぶらで楽々移動できる。

受付で簡単な道順だけの地図をもらう。あまりに簡易的な地図だったから、大丈夫か聞くと『見たらわかります』とまで言われてしまう。途中、雑貨屋でタオルや石けん、使いやすそうな桶などを物色。夕食はギルドの食堂か、それとも町で適当に食べるか悩みつつあっさり屋敷に到着。

「ま、まじですかー……」

高さ一メートル五十センチほどの石壁で囲まれていて、正面には立派な門がある。建物の外壁が見慣れた赤煉瓦色のモザイク調になっている。とにかく庭が広い。冒険者ギルドの建物がすっぽり入るほどのものだ。正直言えば俺は、『温泉付きの小さなお宿』をもらったつもりでいた。だが、その予想を軽く覆すものだったわけだ。

このワッターヒルズは都市と言っても五千人の人が住んでいる。要は、ダイオラーデンよりでかいのだ。プライヴィアは虎人族の国の貴族らしいが、このワッターヒルズの持ち主でもある。国王に等しい彼女が住んでいたのだから、これでも小さい屋敷扱いなのだろう。きっと。

「もらってしまったものは仕方がない。とにかく風呂だ。風呂を堪能しようじゃないか？」

「よいお湯でした……」

小さな温泉旅館の内湯くらいの広さ。檜風呂ではなかったが、足など余裕で伸ばせる石造りの立派な浴槽。浴室の床も立派な石材で作られていた。お湯が常にこんこんと湧き続けていて、それはまるで源泉掛け流し。湯加減も体温よりやや高いくらいで、冬が近いというのに湯が冷める感じがしない。実に贅沢なお風呂環境だった。

俺は二階の一番奥にある部屋で、ほぼキングサイズのベッドに横たわっている。どの部屋にも調度品があり、ふかふかのベッドまであった。キッチンと呼ぶには大きすぎる厨房には充実した設備。食堂らしきリビングダイニングには、豪華なテーブル、椅子、寛げるソファーセットに、これまた豪華な食器の数々。

キャッシュで買ったら金貨何枚必要なんだと思えるほどのものだったが、早速俺は考えることを放棄した。誰も住んでいないから、管理人のようなものだと思うことにしたわけだ。

「もう外に行くのめんどくさい。ここで適当に食べちゃうか」

もちろんここにも、ソファーセットがある。テーブルの上にインベントリからパンを二つと串焼きを五本、酒に塩などの調味料。いつ出してもパンは焼きたて、串焼きは熱々。お酒は冷たい。

皿も手持ちのものを使う。ここにある高価なものはどう使えばいいかわからないから。俺の心の中にあるはずの、両親たちの写真に手を合わせる。

「それじゃ、いただきます」

俺は先週やっと、外出許可が出た。それから毎日、日に一度は決まった鍛錬を続けている。もちろん、プライヴィア以外の人にトラウマを植え付けるような事故を起こさないため、目立たないように陽(ひ)が落ちてから行うようにしているその鍛錬は『死ぬ』こと。『パルス』で『リザレクト』を常に回し続けてはいるが、日中に死ねるわけがない。だからこうして、川向こうの高い丘の上に来て、落ちることを続けていたわけだ。
俺は崖の上からゴロタ石があるはずの場所を見下ろす。
「今度こそ、見るぞ待ってろ、走馬灯。季語がないから川柳だよね……」
独り言を言っても誰も聞いていないから安心。いつものように、『個人情報表示謎システム』の画面を表示したままにする。予めマナ茶と『マナ・リカバー』は終えていた。十秒ごと、微量に減っては増えるを繰り返す魔素の総残量。俺が両腕を、高飛び込みの選手みたいに広げようとしたときだった。

「あたいが教えた通り、この町にいてくれて嬉しいよ」

背後から聞き覚えのある、いや、忘れることのできない命の恩人の声だ。俺は振り向きながら、『やっと会えた』という嬉しい気持ちを抑えながら答える。

「そりゃそうだよ。君が導いてくれたから、俺は信じてこ――」

首の右側に熱さを感じたとき、俺の意識は刈り取られたのかもしれない。

もちろん、『パルス』で常時回していた『リザレクト』の発動まであと何秒あったかはわからない。それでも、何らかの原因で瞬断された明かりのように一瞬で。俺の意識が戻ったのは間違いない。その理由は、出しっぱなしにしていた『個人情報表示謎システム』の画面にある、生命力の数値が十分の一になっているからだ。もちろん俺は、崖から飛んでいない。それでもこうなっている以上、俺の身に何かが起きて、死んだのは間違いのない事実というわけだ。誰が俺を殺したのか？

それは彼女しかいないだろう。

ここは崖の上だから、夜空に光る衛星の明かり以外光を発するものはない。少し遠くを見下ろせばワッターヒルズの明かりが見えるはずなだけ。生命力の残りが物語るように、俺は確実に死んでいた。それならばおそらくだが、彼女は俺を殺したことに違和感を覚えていないはずだ。

あのとき俺を襲った二人の男を、物のついでに始末をするくらいの腕前を持つ彼女だ。いくら俺が高位の回復魔法使いだとしても、確実に殺してしまえば回復もできない。それ故、俺が死んだことに疑いを持たなかったのだろう。

『即死したとしか思えないほどに壊れた身体が、まるで時間を巻き戻すかのように元通り。動きだ

した君がとても気持ち悪かった』とプライヴィアが言っていた。だから今回も、首から吹き出したはずの血が十秒しないうち、巻き戻るように体内に戻っていただろう。その話を聞いて俺も正直気持ち悪くなった。だが闇夜の下にいる彼女は、その異常ともいえる事実を知らないはずだ。

（背中がちくちくする。お尻に角のある石が当たってちょっと痛い。仰向けに倒れたんだろうねきっと。そっとそぉっと目を開けてもいいかな？）

薄目を開けるようにして見たが何も見えない。右を見るが誰もいない。左を見ると、なにやらうなだれたような姿勢の彼女が目に入る。

不思議なのが、あの夜と同じように俺の目にもはっきりと彼女の姿が見える。何か特別な範囲バフでもかかっているのだろうか？　彼女が頭を上げた。俺は慌てて目を瞑った。

「あたいにはこうする以外、……なかったんだ。許してくれなんて、言えない、……な」

案外俺は冷静になっている。彼女に攻撃され、痛みを感じたのが右側の首だ。彼女がいるのは左側。もしかしたら本当に、血が出ていないことに気づいていないのかもしれない。

俺の頬を彼女の左手が撫でているのだろう。冷え切っているのか彼女の手はとても冷たくて、それでいて柔らかくて、だが震えているのがよくわかる。右目だけ薄目でそっと開けると、彼女の表情だけは確認できた。あの日の彼女とは全然違う。先ほどの彼女の言動と違わない、今にも泣きだしそうな表情をしている。

事実、目元に涙が溜まっていたのか、瞬きする度にぽたりぽたりと俺の頬に滴が落ちてきた。いくらぼっち気質で女性の気持ちを察することになれていない鈍感な俺でも、このままでは駄目だと思ったわけだ。

「何が、何があなたを苦しめているんですか？」

薄目ではなくしっかりと開いた俺の目と、彼女の驚いた目が合った瞬間。

「え？」

彼女の喉から漏れた声にならない声。気まずい空気が俺と彼女の間に漂っていた。

第四章◇負けないことは相手にとって恐ろしいこと。

俺が身体(からだ)を起こそうとしたとき既に、彼女は二メートルほど飛び退(との)いた後だった。こちらにナイフの切っ先を向けて対峙(たいじ)している。

「……な、なぜ、死んでいない？　あたい、しくじったの、か？　いや、そんなことは絶対にあり得ない」

（凄(すご)い、絶対って言ってるよこの人。もしかしたら、やっぱり玄人(プロ)？）

逆手にナイフのような刃物を持っている。外側や内側に向けるでもなく下に向けている。彼女にとって正体不明な俺のことを警戒しているのだろうか？

「うん。まったく見えませんでした。俺が死んでいたのは間違いありません。痛いと感じる暇がなかったし、実に見事なお手前だったと思いますよ」

俺に向けているはずのナイフを持つ手が震えている。『何を言っているのかわからない』という表情だ。それは無理もない。

「死んでいたとは、どういうことだ？」

「その言葉の通り受け取っていただいてかまいません。俺は確実に死にますがそのあと必ず生き返ります。詳しくお教えできませんけどどうです？　確認のためにぐさっとやってみませんか？」

俺は彼女を迎え入れるかのように、両腕を大きく無防備に広げてみせた。もちろん、手には武器など持ってはいない。

こっそり『個人情報表示謎システム』で確認したら、まだ生命力が十分の一のままだった。とりあえず小声で『マナ・リカバー』と『フル・リカバー』を唱えておく。あとで、十分の一の状態で死んだらどうなるか、検証しなければならないだろう。とりあえずこれで準備は終わった。

俺は改めて『ご遠慮なさらずにさぁどうぞ』と、少々作った笑顔で右の首すじを軽く叩いてみせた。別に虚勢を張っているわけではない。『負けない』ことに確証が取れたから行動に移しただけ。

すると彼女は足下に力なくナイフを落とした。

「ふぅ……、よかったです。生き返るのは間違いないのですが、死ぬときは痛いものは痛いんです」

「あたいはな、……確実に死んでいたはずなのにいつの間にか生き返っているなんていう人族は、聞いたこともないし見たこともない。あんたはいったい何なんだ？」

（何者じゃなく、何ときましたか。そりゃそうだよね、てか人族じゃなければそういう種族がいるってことか。いやファンタジーだな……）

「普通の人間ですよ。俺がどういう属性持ちとか、おおかた調べがついているんじゃないんですか？」

すると彼女は頭を振った。呆れたような表情まで見せる。

「珍しいとされる回復属性を持つ術士だというところまでは調べがついていた。だがそれ以上は、ギルドでも城下でも誰一人として漏らそうとしない」

（秘密にしてと頼んだのはいいけど、なんとまぁそこまでしてくれていたんだ。ありがたいというか何というか……）

「先日ね、ダイオラーデンの冒険者ギルドにもあの手配書と同じ内容のものが来たらしいんです。それも通常じゃなくごり押しみたいな圧力をかける感じにですね。そのためこの情報は支配人レベルで一部の人にしか伝わっていません。けれど共通していることは『庶民階級以上の家、おそらくどこぞの貴族が俺の身柄を欲しがっている』ということですね。そうじゃなければあのように高圧的な感じで依頼が入ることはないって言ってましたから」

「な、なんだって？　それは本当のことなのか？　なぜそんなことに……」

(彼女はもしや、ギルドに同じ依頼が来たことを知らなかった？　ということは、別口からの依頼ってことなんだろうけど……)

「しかしなぜなんだ？」

「何がです？」

「あたいがいくら調べても、誰からも必要以上の情報を聞き出せやしなかったんだ。今までこんなことはなかったんだよ……」

彼女の問いに対して、俺は『やれやれですね』という仕草と表情をしてみせる。

「あそこの支配人が言うにはですね、『貴族の家などよりもタツマ殿のほうが信頼されているのでしょう』とのことでした」

「そこまであの家は地に落ちていたのか……」

「それは俺にもわかりません。……ところで、あなたが言っていた『こうする以外なかったんだ』というのはどういう意味なんでしょう？　もしかして何か、自分ではどうすることもできない事態に陥っていたりするんですか？」

「もう、だ、駄目、なんだ……」

彼女は急に、自分を自ら抱きしめるようにして、怯えて何かを諦めたような表情をする。

「あのときあなたは俺を助けてくれました。今度は俺の番です。何があったんですか？」

「あたいはあるものと引き換えに、あんたの始末を請け負ったんだ」

始末、なるほどそういうことだったわけだ。彼女は俺へ差し向けられた暗殺者の一人。あのとき襲ってきたヤツらは、彼女とは違う派閥の暗殺者。競争相手みたいなものだろう。

「けれど、あたいにはとてもではないが、無理だったんだ。それにあのときあんたを……」

「あのとき？」

「いいやなんでもない。忘れてくれ」

彼女は袖で俺の目元を強く擦った。何か薬のようなものが仕込んであったのか、一瞬視界が奪われる。

「『デトキシ』、『フル・リカバー』、うん。大丈夫」

ほんのわずかな油断の時間。その間に彼女は五メートルほど後ろへ下がっていた。

「ごめんな。馬鹿なあたいを許してほしい――」

彼女は膝立ちになりながら、天を仰いで自らの首へ隠し持っていたナイフを滑らせた。途端に彼女の血が飛び散る。そのまま力なく前のめりに倒れてしまう。

「だーかーら、話を聞かせてほしいんだって。ほんっと、自己中な面がある人だなぁ……」

俺は彼女のもとへゆっくりと歩いていく。途中ナイフを拾って先ほどものと一緒にインベントリへ。両膝をついて、ぐったりとしている彼女を抱き起こす。

他人より丈夫な俺を一撃で即死させることができる彼女だ。おそらくどこをどう斬れば即死へ導けるかを動作で熟知しているのだろう。首元に指を這わせて脈を取るが全く感じられない。こう言っていいのか悩むところだが、実に見事だと思わざるを得ない。

(俺じゃない誰かに謝ってたな。何かとてつもなく重たいものを抱えて生きてるんだろうな。駄目だよ。そんなに大切なものを置き去りにして死んじゃうだなんて)

「あのときも置き去りだったけどさ、なんで待っていてくれないかねぇ……」

彼女を追い詰める結果になった諸悪の根源に対して、俺は無性に腹が立った。おそらくはあの手配書と依頼書を出した張本人は同じだと思うからだ。

「『リザレクト』」

この呪文は川海老と自身で検証作業を幾度も繰り返した。けれど他の人にかけるのは初めてだった。彼女の首元から滴り落ちる血液が、逆転再生した映像を見るかのように彼女の身体へ戻っていき、傷口も綺麗に元の状態へ戻ると同時に息を吹き返し、彼女の目が開いた。

「……あたい、死んだはずなのに」

「はい。死んでいましたよ。でも俺がね、『蘇生』したんです」

首元に手をやっても血が出ていない。すると彼女は俺を見て、何もかも諦めたような、絶望的な笑みを浮かべてしまう。

「蘇生、そんなことができるんだな。いや、だとしても、あたいはもうだ――」

　彼女は懐に忍ばせた何かを口にする。何度かむせるように咳き込むと、『かふっ』と血を吐き出すようにしてぐったりと力なく俺の腕の中で再び息を引き取った。

　彼女の首元ではもう、脈が取れない。飲み込んだものはおそらく即効性の猛毒の一種。何の躊躇もせず飲んでしまったことから思うに、何かを成し遂げられなかった辛さから逃げる必要があったのだろう。

「だーかーらっ。ほんと、なんていう行動力なのよ。何でもいいからとにかく話を聞けってばさ……。あ、悪素毒結構酷いのな？　指の根元まで黒くなってる。毒なら多分一緒に消えるでしょ？『ディズ・リカバー』。よし、これでいいや。『リザレクト』、あと『フル・リカバー』っと」

　指先の黒ずみは消え、口元の血は戻っていく。ややあって彼女の目が開く。記憶はしっかり残っているのだろう。もの凄く恨めしそうな目で睨まれてしまう。

「……お願いだから、もう駄目だから、死なせて、ほしい」

「全力でお断りいたします」

「あたいがしくじったから、あの子たちの人生は終わるんだ。あたいはもう、あの子たちに合わせる顔がないんだ。あの子たちを助けるためだけに、あんたを殺めることにした。けれどあたいには無理だった。あんたと死んでいくあの子たちに、こうして詫びる以外方法がないんだ。だからお願いします。死なせてください」

「嫌です」

「どうして？」

「あのですね。俺、嫌なんです。そんな逃げるために死ぬ人とか。絶対に許せないんです。あなたは俺を助けてくれたじゃないですか？　それなら俺はあなたを助ける義理があるってもんじゃないですか？　それなのになぜ話してくれないんです？　あなたが死んだら、残された人はどうなるんですか？　苦しんで死んでいく未来が予想できるのなら、そんなことをさせるほうが残酷じゃないんですか？」

「だってもう、あたいには何も……」

彼女はまた、懐から何やら取り出そうとしている。

「また毒かなにかですか？　どうぞどうぞ、好きなだけ死んだらいいですよ。そしたらまた俺はあなたを生き返らせる、それだけです。もちろん、あなたの持ちネタがなくなるまで続けますよ？」

「…………」

「俺はね、父と母を早くに亡くし、代わって俺を育ててくれた祖父と祖母もこの世にいません。あちらに住んでいたときの俺にはこの『リザレクト（ちから）』が発現していなかった。こっちに来て、努力してつい先日やっと手に入れたんです。家族を亡くした俺は、あの場所に未練はないです。それでも、助けられなかった悔しさだけは残っているんです」

「あんたも、そう、だったのか……」

「できることがまだ残っているのに、すべてを投げ出して死んで逃げようとするあなたが許せなかった。だたそれだけなんです」

「すまなかった……」

「……だから話をしませんか？　聞かせてくださいよ？　俺も一緒に考えさせてください、ね？」

彼女はしばらくの間考えたのだろう。再び俺を見た彼女の目には、もう必死さは感じられない。

「わかったよ。あんたがそこまで言うなら、そうするべきなんだろう。敗者が勝者に従うのは仕方のないことだからな……」

俺は、落ち込んでいた命の恩人（かのじょ）を屋敷へ連れて帰った。俺を追ってきた長旅の疲れもあるだろうし、あのやりとりで身体が冷えていたはずだ。それ故に風呂を勧めることになったというわけだ。落ち着いて考える時間を持ってほしかったのもある。放っておいてまた死んだりしないかと心配ではある。だが俺は、彼女を信じることにした。

ちなみに命の恩人を彼女と言っているのは、俺がまだ彼女の名前を聞くことができていないからである。タイミングが悪かったというのもあるが、それはそれで焦らないことにしたわけだ。

（いやでもこれ、どっきどきのシチュエーションだと思わない？　ぼっち気質で彼女いない歴イコール年齢な俺はもちろん、女の子を家に呼んだことなんてないし。そんな俺んちで、あの女性（ひと）が風呂に入ってるんだよ？　漫画だよ、ラノベだよ、超展開だよ。これじゃまるで、ギャルゲの主人公だってばさ……）

俺はリビングで彼女を待っていた。椅子に腰掛けて背筋を伸ばし硬直したような状態。もちろんドアを背にしている。あれこれ妄想しているとドアの開く音が聞こえた。とりあえず彼女が生きていて一安心というところだ。

リビングに入ってきた彼女は、俺のスペアの服を着てもらっている。もちろん、袖など通していない新品(まっさらなやつ)だ。そのせいもあって、袖と裾をいくらかまくって着てくれている。

見事な濡(ぬ)れ羽色(ばいろ)の髪。限りなく黒に近い瞳。視線までが挙動不審な俺はそれ以上彼女を見ることができないでいる。

「ありがとう。久しぶりに足の先まで温まることができた。湯に浸(つ)かる習慣があって助かったよ」

そういえばダイオラーデンもワッターヒルズも、宿には湯船が設置されていた。あちらは湖、こちらは川と水が豊富なのは地域特有なのだろうか？　彼女の生まれ育った地域も、湯船がある生活をしていたと思われる。俺は少しだけ親近感が湧いた。

「あれ？　久しぶりってまさか、俺みたいに七日も――」

「ば、馬鹿言うなっ！　あたいだってこれでも女だ。その、水浴びくらいはしてだな」

「ですよねー。ごめんなさい、俺が馬鹿でした」

「わかってくれたらそれでいいんだ……」

最初に出会ったときより、ついさっき再開したときより、今のほうが彼女を身近に感じる。物理的な距離ではなく、多少打ち解けられたかもしれないという意味でそう感じるわけだ。

（ほんっと、瞳が綺麗だ。口になんて絶対に出せないけど。髪は俺と同じ黒なんだ。いや、俺よりももっと綺麗だ。なんだろう？　肌の色は日サロに通ってるギャルっぽい。んー、あそこまで黒くはないけどなんて言うんだろう？　ボディビルダーほどテカリはないけどそんな色合い？　あれれ？　耳が少し長い。も、もしかしてエルフ。いや、肌の色からしてダークエルフ？　まじか？　あの伝説の『くっころ』なのか？　……いや、変な妄想はやめよう。間違って口に出したら大事件に発展しちゃう。せっかく構築できたわずかな信頼が音を立てて崩れてしまうかもしれないから）

　このリビングには暖炉があって、そこに魔道具があるのだが使い方がわからない。だから部屋の温度は外よりはマシ程度でしかないはずだ。

（俺が淹れたお茶を飲んでくれてる。両手の手のひら温める感じ？　赤ちゃん飲みってやつだっけ？　それとも猫舌なのかな？　こういうのなんだっけ、……そうだ『ギャップ萌え』だよ）

　この屋敷は部屋が二階に三つ、一階に一つ。リビングダイニングに厨房、なんと風呂場が大きいのと小さいのが一つずつある。おそらく小さい方は使用人が使っていたのだろう。彼女には小さい方を使ってもらった。そのほうが落ち着くと思ったからだ。

「それでそのなんと……」

　俺は『あなたの名前を何と呼べばいいのかな？』という意味を含めて、指を揃えて手のひらを上にし、彼女に差し向けた。

「あたいか？　あたいの名はロザリエール・ノールウッド。ロザリアと呼んでくれたら助かる」

「ロザリアさんですね。ありがとう」

（家名持ちってことはだ、おそらく彼女もそれなり以上に責任のある立場なんだろうな）

「俺は――」

「知ってる。手配書にあったからな。タツマ・ソウトメだったか？」

「うん。その通り。それであのさ」

「あぁ。依頼主のことだな？」

（いやそっちのほうじゃないんだけど、ま、いっか……）

彼女が依頼を受けたのはある貴族からだった。俺が領主を殺害して逃げたというのが容疑だと知らされていた。しばらくの間、俺のことを調べるべくロザリアは尾行を続けていた。だがどう考えても、俺が人を殺(あや)めるようには見えなかったらしい。

「なぜそう判断できたか不思議に思うだろう？　それはな、あたいが長年『始末屋』をしていたからなんだ」

ロザリアの言う『始末屋』というのは、俺たちが知るところの『賞金稼ぎ(バウンティーハンター)』みたいなものらしい。強盗、営利誘拐、殺人など。国や町、村などで手配される犯罪者を狩ることを生業(なりわい)としていたそうだ。

あのとき俺を襲った二人組とは違い、手配書が正しいかどうかを疑って下調べをする。その後、手配自体が正当なものかどうかを判断していたとのこと。なるほど玄人(プロ)の仕事だと俺は感心した。

もちろん、その手配書には条件(ルール)があった。『国の中で事を起こしてはならない』、『冒険者ギルドと争いごとを起こしてはならない』など。あの二人組は、条件に反した行為を行っていた。街中で俺を襲ったあの時点で犯罪者と同列になった。だからロザリアは二人組を処分したのだろう。

「俺と同じ境遇で同郷から来た、男の子が一人と女の子が二人。俺も彼らも仕事を求めてダイオラーデンに馬車で向かっていたんです。ただその道中、事故に遭ってしまったんですね。俺もその子たちも気を失って保護されるくらいに、酷い事故だったと聞いています」

(実際俺たちはこちらへ無理矢理転移させられたわけだけどさ、勇者召喚について話していいとは思えないし、当たり障りがなく説明できるのはここまでかな？　全部話せなくて、心苦しくは思うんだけどさ、こればっかりはね勘弁してちょうだいということで)

「子供が事故に巻き込まれるというのは、痛々しいものだな……」

「はい。前にお話ししたと思いますが、相手方の馬車に年配の男性が乗っていたと聞いています。俺たちと違って大怪我をしたと聞きました。ですが俺たちを担当してくれた女性職員さんが『神殿で治療を受けているから大丈夫。気に病むことはありません』と言ってくれたんですね。俺と一緒にいた子たちも聞いていたはずです。ですから大事に至っていないと思っていたんです」

「あぁ、あの夜の話だな？」

「はい。俺にはそれくらいしか思い浮かびません。ただですね、俺たちは馬車に乗せてもらっていただけで、馬車を操縦していたわけではないんです。もちろん、ギルドに圧力をかけたという依頼主との関係はわかりません」

それなのに俺が殺人容疑をかけられるのはおかしい。俺はそう、再び主張したわけだ。もちろんロザリアも納得してくれた。

「うん。あんたの話を聞いた限りでは、あのような容疑をかけられるとは思えないな」

彼女は席を立ち、俺の側に立って肩を優しく叩いて慰めてくれる。

「ありがとう。そういえば、麻夜ちゃんたち、元気にしてるのかな？」

「麻夜という子は同郷の一人なんだろう？　そこまで気にするならなぜ一緒にいないんだ？」

声の調子が変わった。途端に俺へ詰め寄ってくる。そんなロザリアの態度に驚いてしまう。

「ちょっとちょっと、落ち着いてくださいって。別に置き去りにしたわけじゃありませんって。あのですね――」

俺は改めて、俺だけが城下町にある冒険者ギルドで働くことになった経緯を、転移部分はしっかりぼかして詳しく説明することになった。

俺一人しゃべり倒して十分ほど。ロザリアが納得してくれるところまで一通り終えて、やっと一息つくことができた。これまでは俺のことだけ話をしていてすっかり忘れていた。本来はロザリアの抱える問題を聞き出さなければならないのだった。

「ところでロザリアさん」

「なんだ？」

「あなたがあのような状態に追い込まれてしまうほどですね、思い悩んでいたこととはいったい、何なのですか？　俺に教えてもらえませんか？」

やっと本題に入れた感があった。俺が聞きたかったのはこの話だったから。

「そうだ。これを見てくれないか？」

ロザリアはテーブル越しに俺のほうへ乗り出すようにして、自らの手の指先を見せるようにした。

「あぁやっぱり。悪素毒のことだったんですね」

「……え？」

「ごめんなさいその、蘇生したときに見てしまったものですから……」

俺の言葉を耳にして、ロザリアは改めて自らの指先をまじまじと見てしまう。その瞬間、哀愁漂う細められた目元は大きく見開いた。

「え？　うそっ？」

自分の指先と俺の顔を彼女の視線が行ったり来たり。三往復くらいしたあたりだっただろうか？　俺と彼女の間に、なんとも言えない気まずい空気が流れ始める。もちろん彼女の表情も同様のものになっていく。

今の彼女の表情は見覚えがある。悪素毒の治療に来た人が治った指先を見て感謝してくれたときと同じものだ。けれど、時折俺を疑うような表情に戻ったりする。

それを例えるならば『ツン』と『デレ』を行き来するような心の葛藤。彼女にも色々とあるんだろうなと、思ってしまったりするわけだ。

彼女は一度目を瞑（つむ）って天を仰ぎ、改めて俺の目をじっと見据えてくる。

「――何故（なぜ）だ？　何故治っているんだ？　あんたは神か？　それとも悪魔か？　いや、そんなことはどうでもいい」

ロザリアは俺の胸を両手の拳で叩き続けた。その姿はさながら少女のようで、物理的な痛みよりもなぜかもっと痛みが染みてくる感じがした。

「……でもなんであのときに、あんたはいてくれなかったんだ？　いてくれたら母さんが、父さんが死なずにすんだんだ。なぁ、教えてくれよ？　なぁ、頼むよぉ……」

最後には声を押し殺してすすり泣きを始めてしまう。よかれと思ってやったことが裏目に出るとは思っていなかった。非リア充な俺には彼女を抱きしめて、頭を撫でてあげるなんてできやしない。そんな俺にできたことは、インベントリにあるタオルを出して手渡す程度のこと。ひとしきり泣いたからだろう。タオルで目元を拭いて上目遣いで、彼女は俺を睨むんだ。

「……ぁぃがとぅ」

（なにこの可愛らしい生き物、って言ったらぶっ殺されるぞ、生き返るけどさ）

「ロザリアさん」

「なんだ？」

「あんな状態になるまで我慢して、……痛くなかったんですか？」

「あたいはあんたに治してもらった。だからもうそれでいいんだ、……それよりもタツマ、いや、タツマさん」

「はい、なんでしょう？」

「あんたにしか頼めないことが——」

「いいですよ。俺は何をしたらいいんですか？」

（ありゃりゃ、半口開けてぽかーんという表情になっちゃった。思ったより表情豊かな人なんだな）

「……あたいの家族をってえっ？　どうして？」

「どうしてもなにも、あのとき俺を助けてくれたじゃないですか？　それにあんなことをしてまで」

「あ、あれはキスじゃなくて絶対にそういうものじゃなくて、あんたが息をしていないと思って慌ててだなっ」

（キスだなんて言ってないんだけど、そうとも言えるけどってあぁああ、ロザリアさん下向いちゃった）

　かなりのダメージがあったみたいだが、精神的に回復したのか、ロザリアはぽつりぽつりと話し始めた。

——ロザリアがまだ幼いころに族長であった父親が悪素毒で亡くなり、後を追うように母親も同じくして亡くなった。責任感の強い彼女は、『自分にとって家族はもう、集落にいる子たちしかいない。年長者である自分がなんとかしなければならない』と、そのように思い詰めてしまう。
　そうしてまだ年若い彼女の双肩に、集落の皆の命が重くのしかかる。集落で皆を支えるよりも実入りの良い話を知っていたから、出稼ぎに行くことを彼女は選ぶのだった。
　それから何年経ったただろうか？　彼女はこんなつもりで集落を出たわけではなかった。素性を知られたくないということもあって、冒険者ギルドには登録せず単発で依頼をこなしていた。時折集落に帰っては、それまでに手に入れた幾ばくかの報酬を麦などに換えて手土産とする。それでも、子供たちの状況は好転することはなかった。

あるとき風の噂から、ダイオラーデンで運用されている魔道具の存在を知ることとなった。色々と調べた結果、集落に残した子たちを悪素毒の被害から救うためには、その高額な利用料を必要とする魔道具がないと救えない。だからロザリアは金銭を多く稼がねばならなかった。

冒険者ギルドで単発の仕事をこなしているだけではいつまでかかるかわからない。そんなときある噂を耳にして、人伝で依頼を受けるようになる。その依頼は『殺人』だった。対象は生きていても碌なことがないほど手を汚した犯罪者だけ。狩人として優秀だったロザリアは何人もの罪人を手にかけるようになる。いつの日か、罪人を始末することに罪悪感をもたなくなっていく。

そんなロザリアは、金銭以上の報酬を手に入れることが可能な依頼があることを知る。怪しいとは思っていても、出所はある国の貴族というしっかりしたものだ。そうしてロザリアは、俺に関する依頼を受けることに決めた。俺のことを捕らえるか始末をするという依頼を受けたのは、本来は大金で借り受けることしかできない魔道具を引き換えにするという報酬があったからだ。その魔道具とは彼女が喉から手が出るほどに欲していた、悪素の溶け込んだ水に使用する『魔石中和法魔道具』というもの。だからこそこの依頼を受けないわけにいかなかったのだという。

彼女の両親は悪素毒の影響で亡くなっている。集落に残してきた子たちの親も同様だ。そんな苦しみの中、俺と出会いロザリアは知った。俺なら集落の子たちを苦しみから救ってくれる。何でもするから助けてほしいと——

ロザリアの話を要約するとこんな感じだった。

確か、リズレイリアの妹夫婦、セテアスの両親も同じように悪素毒で亡くなっていた。ロザリアの話によると、ワッターヒルズやダイオラーデンなど比べものにならないほど、悪素の浸食が酷い地域に集落はあるという。

「それでな。あんたの手配書の出どこ――」

「その話はまた後で、俺、ギルドに行ってすぐに許可をもらってきます。間違ってもあのときみたいに、消えたりしないでくださいね？　どこにも行かないでくださいね？　いいですね？　約束ですよ？」

「わかっている、……あんたがいないと、あの子たちを助けることができやしないからな」

俺はロザリアを残して冒険者ギルドに向かった。彼女の集落はここから馬車で三日ほどの距離だという。馬車を借りるのはいいとして、俺は操縦ができない。だが彼女はできるとのことだからその点については助かった。

食べ物や飲み物、日用品などのストックは十分にある。あとは許可をもらって馬車を借りるだけだ。そうこうしてる間に見慣れたレンガ色の壁が目に入ってくる。

『個人情報表示謎システム』の時間はギリギリ午後九時前だ。俺は受付に駆け寄ってクメイリアーナに詰め寄る。

「クメイさん」

「は、はいっ、なんでしょう？」

「プライヴィアさんまだいるよね？」

「えぇ、まだ在室だったかと」

「ありがとう」

俺は急いで総支配人室へ向かった。階段を駆け上がって通路を抜けて、ドアをノック。

『タツマくんだね。入るといいよ』

俺がいることは匂いでわかるらしい。獣人の嗅覚はなんともチートなものだと思う。

「失礼します」

「屋敷はどうかな？」

「はい、快適です——ってそうじゃなくて」

「それは何よりだね。さて、何か困りごとのようだが？」

(なんだ、わかっていらっしゃる。摑み所がないというか、いつもマイペースだから困るよね)

「どうしてそれを？」

「これまでずっと君と顔を突き合わせているんだ。表情と匂いである程度のことは読めるようになるものなんだよ」

(匂いでわかるんかいっ！)

「えっとまずは数日、いえ、短くて七日。長いと十日ほどここを空けます。あと、馬車を貸してほしいです。それともしかしたら、集落単位で受け入れをお願いするかもしれません」

「うん。君の好きするといいよ」

(そう、プライヴィアさんはこういう人だから話しやすいんだよ)

「助かります」

「どうせ君が責任を持つんだろう?」

「そのつもりです」

「それなら私も、このワッターヒルズにも拒む者はいない。なにせほら、『ギルドの聖人様』の頼みだからね」

「そうやってすぐにからかうのは、悪い癖ですよ?」

「からかったつもりはないんだけどねぇ。まぁ、馬車は今すぐ用意させるよ。聞いてるね? クメイくん」

『は、はいっ』

ドアの外から走り去る足音が聞こえてくる。おそらくは聞き耳を立てていたのかもしれない。

(てか、どういうこと?)

「あははは。彼女も君のことが気になっている、……いや、気にしてくれているんだよ。君がこのワッターヒルズでどれだけ大事にされているか、そろそろ自覚したほうがいいかもしれないね」

そう言ってプライヴィアは高笑いをする。困った人だがとても頼りになる人だ。

「ここ、ワッターヒルズに重い症状の人はもういません。俺が戻ってから治療を再開しても十分間に合うと思っています」

「報告は受けているから心配することはない。感謝しているよ、いつもありがとう」

　優しく抱きしめてくれるプライヴィアからは良い匂いがしてくる。しばらく忘れていたが、『そういえば母親というのはこういう感じだったのか？』という感覚が蘇（よみがえ）ってくるようだ。

「気をつけて行ってくるといい」

「はい、いってきます」

（ちょっとだけ名残惜しくなってるのは仕方ないでしょ？　なんせほら、プライヴィアさんは百歳年上なんだから。包容力があって当たり前なんだ。うん。子供と大人みたいなものなんだよ）

　俺はそう言い聞かせながら総支配人室を後にする。冒険者ギルドのホールに出ると、クメイリアーナが待っていた。

「ソウトメ様」

「あ、はい。でも『様』はやめてほしいんですけど？」

「お急ぎですよね？」

（『そこに拘（こだわ）っている余裕はないでしょう？』ということですねわかります）

「はい、ごめんなさいお願いします」

「馬車はどちらへお届けしたらよろしいです？」

「そうですね――」

「よろしければ私が現地まで」

「有り難いのですがそれは勘弁してください。ここより更に悪素の被害が激しいと聞いているので」

「そうでしたか。申し訳ございません」

(いや、ロザリアさんが一緒だからさすがにと思っただけで、そんなしょんぼりしなくてもいいんですけど。そういや近所の家のわんこが悪戯したあと叱られてこんな感じだったな)

やる気満々だったふりふりの尻尾がおそらく垂れ下がってしまったのか見えなくなっている。なるほど、獣人の尻尾や耳は感情表現に繋がっているみたいだ。

「馬車は屋敷へお願いします」

「かしこまりました。後ほど届けさせます」

「ありがとう。それじゃ戻って準備するから」

「いえ。では道中お気をつけくださいまし」

俺が屋敷に着くと同時に、馬車を運んでくれていた冒険者ギルドの男性職員と鉢合わせする。顔見知りの彼も家族揃って俺の治療を受けているからか、ありがとうと言うと謙遜していた。屋敷に入ってリビングに行くと、ぽつんと大人しく座っているロザリアの背中が見えた。

「ロザリアさん、行きましょうか？」

「あ、あぁ」

ロザリアは馬車を見て呆然としている。さっきはあまり気にしていなかったが、俺も改めて見たけどこれはある意味酷い。なにせ引いている馬も客車も、この間蘇生実験に行った際に乗せられたプライヴィアの私物だったからである。

「これはなんともだな……」

「うん。俺も驚いています」

確かにこれなら、ワッターヒルズを抜けるとき『誰も見ないふり』をしてくれる。間違っても声をかけられることはないから、ある意味好都合だ。

「とにかく急ぎましょう」

「あ、わ、わかった」

【裏話：命の恩人さんの場合 ～約束～】

初めて知ったときは、ただの手配犯だった。

調べていくうちに、呆れるほどの善人にしか思えないようになる。

それでもロザリアは、自分の目的達成のために仕方なく処分したはずだった。

だが彼は、ロザリアの手に負える存在ではなかった。

彼はロザリアへ、逸話に聞いた魔王のように絶対的な無力感を与えた。

でも彼はロザリアに、この世の奇跡を示してくれた。

『間違ってもあのときみたいに、消えたりしないでくださいね？　どこにも行かないでくださいね？　いいですね？　約束ですよ？』

まるで留守番をする小さな子供のような言葉を残して、彼はロザリアのために走り回っている。

人の帰りを待つという行為はいつ以来だろうか？

これほどまでに、待ち遠しいものだっただろうか？

彼は今、ロザリアを絶望の淵からすくい上げようとしている。

そんな彼に、ロザリアはどうやって報いたらいいのだろう？

『させていただく』よりも『してあげたい』と思ってしまう彼の残した言葉。

自問自答する時間は、短いようで思ったよりも長く、それは温かくも心地よく感じていた。

第五章◇家族を窮地から救い出せ。

いつもなら町の人たちに『聖人様』などと声をかけられているのだが、プライヴィアから借りた彼女の所有する馬車のおかげで、見ないふりをしてもらう。外は暗い割に人の姿もまばらに確認できているにもかかわらず、俺はあっさりとワッターヒルズにかかる橋を抜けることができた。

（馬車最高。歩きの何倍も速いこと速いこと。あの厳しい七日間を知っているからこそ、この馬車の旅は快適に思えて仕方がないんだよね）

立派な体躯（たいく）の馬。プライヴィアを乗せて走るのだから当たり前かもしれない。手綱を握るのはロザリア、俺は隣に座って揺られている。

ダイオラーデンからワッターヒルズへ延びる街道と同じような道。舗装はされていないのは仕方ないとして、転圧だけはされているようだが砕石が敷かれているわけではない。ところどころ凹（へこ）んでいたり、石が飛び出ていたりしているが、こちらではこれが普通（デフォルト）なのだろう。こんな道を七日走ったわけだ。あのときの俺を褒めてやりたい気分になる。

ワッターヒルズを出て二時間が経過、『個人情報表示謎システム』の時間は午前零時になろうとしていた。あの七日間と違うのは、俺一人ではないのと馬が二頭いること。『リカバー』をかけたなら、馬たちの疲れも抜けるはずだ。だがそれはロザリアと話し合ってやめておいた。外では馬が休んでいる。まだ活動できる寒さということで、心配する必要はないとのことだ。何かあればすぐに対処できるし、治療もその場で可能だ。

俺たちは馬車の客車外へ出て、交代で野営の番をすることになっている。最初はロザリアが野営を受け持つと言ったのだが、俺はそれに反対した。俺は別に寝なくても大丈夫だと言ったのだが、それはロザリアが許さなかった。話し合いの結果、間を取って交代でということになったわけだ。

「それにしてもだな。こんな、着の身着のままで良かったのか？」

「大丈夫ですよ。こう見えて俺、空間属性持っているんです」

「え？　ほ、本当、なのか？」

「そんなに珍しくないって聞いてましたが、違ったんですか？」

「希少な能力だと聞いてるぞ。所有する者は商人のうち二十人、いや、五十人に一人と言われているはずだが？」

（うーわ。あの事務官補、ぶん殴ってやりたいわ……）

「屋敷で出したお茶がそうだったんですが……」

俺はそう言って手のひらの上に同じ容器に入ったお茶を出すと、ロザリアに手渡した。

「確かに、どこから出したんだろうという違和感はあったんだが……」

「お茶だけじゃなくてほら、屋敷を出る前にささっと食べたパンと串焼きもそうなんですよね」

「嘘だろう？　両方とも焼きたてだったじゃないか？」

「空間属性って状態を保存するような、そんな効果があるみたいなんです」

「だから属性持ちの商人は大成すると言われているのか」

そう、ロザリアは素直に驚いてくれる。俺はインベントリから皿を出すと、その上に串焼きやパンを並べていく。確かにパンは相変わらず香ばしい香り。串焼きに至っては、焼いた肉特有の空腹時には暴力的な香りがしてくる。温かいお茶もそのまま。

「いただきます」

「いただきます、とはどういう意味だ？」

「俺のいた国ではですね、生産者や料理をしてくれた人などに感謝する言葉みたいなものですね」

「なるほど、美しい言葉だな。あたいも使わせてもらおう。……いただきます、で良かったのか？」

「そうですね。いただきましょうか。代わり映えのしない食事ですけどね」

「いいや、こうして野営でうまいものが食べられるのは、あり得ないことだからな」

「確かにそういう意味でなら、この空間属性は便利ですね」

俺たちは野営の食事を楽しむことにした。正直、ぼっち飯ではない食事はいいものだなと思った。

「そういえば、エルフって肉を食べるんですね」

「エルフとはなんだ？」

「あれ？　ロザリアさんはエルフ、またはダークエルフという種族かと思ったのですが、違いましたか？」

「エルフやダークエルフという種族は知らないが、あたいは『黒森人族』でその族長をしている」

（なるほど、エルフを『森人』と表現していたそんな作品があったな。黒森人族、それがこちらでの種族名なのかもしれないね。心にメモメモっと）

「あたいら魔界に住む魔族の間ではそのような呼び方をするところはなかったと思う。もしや人界では『白森人族』をエルフと呼んでいるのか？　あんな草ばかり喰らっている青臭いヤツらと一緒にしないでくれな？　気分が悪くなるから」

(最後はもの凄く饒舌だったな。エルフやダークエルフという呼び方がないにしてもさ、白森人族って仲のよろしくない種族がいるんだ。それよりなにより、ロザリアさんはやっぱり族長だったんだ。だから子供たちを助けてほしいって言ってたわけだ。早くなんとかしてあげたいよ……、ほんとに)

「あれ？　ロザリアさんロザリアさん、これってもしかして」

俺は客車内の一部に流し台のような場所を見つけた。そこには水の入るタンクのようなものがある。予めある程度入っているようだ。さすがはプライヴィア家の馬車だと思った。

「これはなんと、……湯が出るじゃないか」

「すげっ、馬車でお湯が……」

「あ」

「あ」

俺とロザリアは顔を見合わせる。もちろん、考えたことは同じだろう。インベントリから石けんとタオルを数枚出して彼女に渡す。俺は外に出てお留守番決定。

「その、すまないな」

「慌てなくていいので、ゆっくりしてくださいね」

俺は外へ出て、馬たちへ労い（ねぎらい）の言葉をかけつつ、『リカバー』も一緒にかける。ついでに『ディズ・リカバー』もかけておいた。なぜならこの二頭も、プライヴィアの大事な家族だろうから。

あの七日間で学んだから、俺は樽（たる）にかなりの水を用意してある。だからお湯を存分に使っても水が足りなくなることはないはずだ。

「あの……、タツマさん」

「はい」

「助かったがその、……寒かっただろう？」

ロザリアが沐浴（もくよく）している間俺は外にいた。だが俺は、『リカバー』があれば多少の『辛い（つらい）』、『痛い』、『疲れた』は解消できてしまうことを知っている。だからそんなに負担に感じていたりしないのである。

「俺はほら『あれ』なので、多少のことは平気なんです」

これで通じるかどうか微妙だが、彼女は『そうか、とにかく終わったから入ってくれ』と俺を招き入れる。換気も終わっているみたいだから、気になることはない。それでも俺にとって眠れない夜が続くのは確定だった。

『三日はかかる』と聞いていた理由がこれだった。街道から外れて、枝道に入ると全く転圧がされ

ていない道になっていた。車軸は丈夫で壊れることはなさそうだが、揺れがとにかく凄かった。馬たちは何かを察してくれたみたいで、かなり無理をしてくれた。そんな彼らに少しでも報いるため、『リカバー』をして労いの言葉をかけることしか俺にはできないのが悔しいところだ。

街道から外れて半日ほど進んだ。まだ陽が暮れる前なのに馬車が停(と)まった。

「あれがあたいの故郷、ノールウッドだ」

馬車の通る荒れた道から分岐している脇道がある。脇道に入ると、その先に見えてくるのは小高い丘があり、神社の階段とまではいかないが細く長い坂道がずっと続いている。草を刈った根元があちこちにあることから、道の両側は畑だと思われる。しばらく坂を登ってはいるが建物はまだ見えてこない。建物より先に、集落の人と思われる人影が見えてきた。

俺は道中、ロザリアに色々なことを聞いた。彼女の集落は元々、狩猟と採取、葉野菜と根野菜の栽培で生計を立てていた。食料自給率が高く、狩猟で捕らえた獲物を元に他の町へ日用品などを買いに行くことがあったらしい。

悪素毒(おそどく)によりロザリアの両親が亡くなってからは集落の状況も変わっていき、最終的には彼女の最近の話へと繋(つな)がっていく。俺と出会って初めて、ここへ戻ってくることになったというわけだ。

「タツマさんよ」

「なんでしょう?」

「もう一つ頼みがあるんだ」

「なんでも聞きますよ」

「ありがとう。あんたに負けて、これまでの仕事を続けるつもりはもうない。けれどな、あたいがあのようなことを生業(なりわい)にしていたのは、隠しておいてほしい」

「いいですよ」

「ありがとう。あたいはここを出るときに皆に言った。『魔道具を手に入れてくる』と」

「わかりました。俺がその代わりになればいいだけです」

「ありがとう。本当に……」

俺の右手をぎゅっと握ってくる。ロザリアの手は震えているのがわかった。

(ロザリアさんが幼いころにご両親が亡くなったということは、相当汚染が進んでいるはずだ。水も肉も、野菜も土地だってどうなっているかわからないぞ。こんなとき俺に鑑定のスキルがあったなら。俺ってほんと、役に立たないな……)

馬車に乗ったまま、俺たちは集落の中央を走る道を進む。坂になっていて、段々畑のような場所が見えてくる。けれどそこには何も植わっていない。おそらくは、冬が近いからもう収穫が終わっているのだろう。俺はそう思っていた。

ロザリアは外套(がいとう)で顔を隠していない。素のままの彼女が見えるからか、すれ違う人は皆笑顔で手を振る。彼女も彼らに応えるよう、笑顔を作って『ただいま』と声をかける。彼らは若い、総じて若い。どこを見ても、年配の人の姿は見られなかった。

冬が近いから皆、比較的厚着をしてる。だが、外套を羽織っているわけではない。手袋をする人もいないようだ。だからこそわかってしまうこともあるわけだ。

（なんてこった……。まじか、まじなのか……）

「ロザリアさん」

「なんだ？」

「俺が見ただけでも状況的にかなり悪いと思うんです。もしやあなたのご両親だった人と同じくらいの人はもう」

「タツマさんの考えている通りだよ。あたいたちの親の世代は皆、悪素毒にやられてしまってこの世にはもういないんだ」

「なんてこった……」

「だからな、ここには五十に満たない若い子しかいなくてな」

「……はい？」

「だから、若い男の子、女の子しかいないって――」

（いやちょっと待ってってば。なんで五十に満たない人が若い子って？　男の子って？　女の子って？　どういうことだってばさ？）

「いやいやいや、五十に満たないってどういうことですか？」

「若いだろう？　成人して間もない子ばかりだからな……」

（五十未満で二十を超えるって、何進数で計算したらそうなるの？　どこか設定バグってない？）

「な、何歳で成人されるんですか？」

「あたいら魔族はな、四十で成人を迎える」

「はい？」

「あたいだってまだ六十二だぞ？　あたいが族長になったのは五十のときだ。父と母が健在だったなら、族長を継ぐなどあり得ない歳だからな」

（ちょっとまって、魔族ってそういうことか。ラノベ的設定で考えろってことだよきっと。十五か十六で成人と仮定するならね、三で割った年齢が正しく思えるんだ。五十に満たない歳を三で割れば十六くらい？　うん、いいと思う。でも俺、三で割ったら十歳ちょっとだぞ？）

「あの、俺、三十一歳なんですけど」

「……嘘だろう？」

「それが嘘じゃないんです」

「そうか。人族だとそんなに早熟になるんだな。あたいはタツマさんが七十以上かと思っていたんだが、まさかそんなに年下だったとはな。人は見かけでわからないものだ。うんうん」

ロザリアは俺の頭を撫で始める。

（ちょ、もしかして子供扱い？　これってあれか？　いわゆる『オネショタ』展開か？　あー、そっか。だからプライヴィアさんがあんな風に……。俺、小さい男の子だったんですね。魔族さん、どうなってんのよ？）

「あぁ、あれがあたいの家だよ」

集落に入って一番手前、俺の屋敷よりもやや小さめ。木造なのだが見た目からして実に木材加工精度の高い壁が見えてくる。ただ不思議なのは、ロザリアの屋敷より手前に建物がないことだ。彼女の屋敷よりかなり奥まった場所から建物が並ぶように建てられている。

彼女に聞くと、これは魔獣などの外敵から一族を守るために考えられたものらしい。先頭に立って討伐を行うのは族長家の定めなのだという。それ故に、族長は強くあらねばならないとのこと。

（なるほどな。ロザリアさんは女性だけど、それだけの責任があったから強くなれたってことか。十分わかったからさ、そろそろ頭撫でるのやめてほしい。外だとなんだか恥ずかしくてさ……）

馬車を屋敷の裏手に駐める。馬たちの水飲み場などがあることから、この集落でも馬車が移動手段として使われていたことが一目でわかる。

「お疲れさんなー。『リカバー』」

俺は少し無理してここまで運んでくれたことを労いつつ、回復をしておく。

「入ってくれ」

先に屋敷へ入っていたロザリアが、ドアを開けて中から声をかけてくれる。

「はい、お邪魔します」

「タツマさんは邪魔者ではないぞ？　それはどういう意味だ？」

「これはですね――」

俺は道中習慣の違いをよく尋ねられたから、また簡単に説明する。

集落にいる人たちの状況はかなり悪いと思う。それでも、俺がいたらどうにかなるのを理解しているロザリアは、ワッターヒルズを発つときよりも落ち着いているようだ。

「そうしたらですね、集落の人たちにはこの屋敷に来てもらって、治療をしていこうと思うんです」

「そうだな、そのほ――」

「姫様、私です。よろしいですか？」

屋敷の裏手から女性の声がする。俺とロザリアしかいないから、『姫様』というのは彼女のことを差すのだろう。

「ブリギッテ、どうしたんだ？」

「お客様がいるところ申し訳ありません。あの人が、一昨日倒れましてその」

「コーベックがどうしたんだ？」

「はい。明日まで持つかどうか……。間に合って良かったです。せめて一目会いたいと魘（うな）されているんです。譫言（うわごと）で呼んでるのが私じゃなくて姫様なんですよ。ほんと、馬鹿ですよね」

「わかった。すぐに――」

慌てて立ち上がろうとしたロザリアを、俺は引き留める。

「ロザリアさん。落ち着いてください。俺がいるんです」

「あ、あぁそうだった」

「それでどこですか？　コーベックさんは？」

「ブリギッテ、案内するんだ。この人が、タツマさんがいたらもう、心配ない」

「は、はい。姫様」

屋敷の裏手を出て少し離れた家の入り口で、心配そうに中を窺（うかが）う人の姿が見える。

「道を開けるんだ」

ロザリアが入り口を塞ぐ人に指示を出す。すると、彼女の声だけでわかるのだろう。誰もが『姫様』と従っていた。

「あなた、あなた、姫様がいらしたわ。ほら、しっかりして」

「ひ、姫様」

「コーベックっ、いいから落ち着くんだ」

「……こ、このような体たらく、もうし――」

俺は結果が見えているからこそ、喜劇俳優のごとく右手で顔の前を切るように『はいはいごめんなさいね』という仕草をしながら間に割り入った。

「『ディズ・リカバー』、『フル・リカバー』」

「わけ、……あれ？　どうしたんでしょう？　全く苦しくないのですが？」

つい数秒前まで苦しそうにしていたコーベックは、まるで気持ちよく起きたかのような晴れ晴れとした表情になっていた。

「コーベック……」

ロザリアは呆れたような表情になっていた。

「あなた、大丈夫なの？」

ブリギッテはきょとんと驚きの表情。

「ブリギッテ、慌てなくてもいい。もう大丈夫だから」

「すみませんね、緊張感のある状況をぶち壊すようなことをしてしまって……」

（うわぁ、やっちまった感がすっごいわ）

「私の身に何が起きたのでしょうか？　姫様」

「あ、あぁ。このタツマさん、いや、ソウトメ殿はな、回復魔法使いなんだ。それも恐ろしく高位のな……」

「はい？」

「え？」

（なんだいこの静けさは？　っていうかちょっと待ってロザリアさん。いくら『タツマ様』はやめてって言ったからって、『ソウトメ殿』はないと思うんだけど？）

「ブリギッテさん、でしたね。はい、それじゃ失礼しますよ。『ディズ・リカバー』、『フル・リカバー』っと」

「……本当に治っています」

「あたいは嘘、言ってないだろう？」

「はい、姫様」

「そうですね、姫様」

「その『姫様』はやめてほしいんだが……」

そう言いながらも、なぜかロザリアは照れていた。

コーベックはロザリアがいない間の族長代理。ブリギッテは女衆（おなごし）を取りまとめる役目だという。

彼らの話はこうだ。悪素の被害が春から特に酷（ひど）くなり、前にロザリアが立ち寄ったあとから作物もまともに育たなくなるというかなり酷い状況になった。雪が積もる前にロザリアが来ると言っていたので、そのときに相談するつもりだった。だが、狩猟にまで影響が出てしまい、穀物以外食べるものがない状況に陥る。徐々に蓄えも減り、今に至ったとのことだ。

「とにかく重い症状の人、わかりますよね？　連れていってくれますか？」

「は、はいっ」

「ロザリアさんはこれを」

俺は旅に備えて買い込んでいた穀物や、野菜、調味料をインベントリから一部だけ取り出した。一部とはいえ、それでもかなりの量があった。少なくともこの集落の人たちが今晩食べ切れないくらいはあっただろう。

「ブリギッテ、始めようか？」

「はい、姫様」

俺はコーベックに集落を案内させ、重症な人がいるだろう家を回ることにする。

「姫様はですね、料理が得意なんです。うちのブリギッテも姫様に教わったほどの腕前なんです」

「そうなんですね。知らなかったです」

（本当に知らなかった。彼女ってほら、必殺系の人だと思ってたから。鍛錬に鍛錬を重ねて、『料理なんて何それ美味（おい）しいの？』みたいな。『姫騎士』、『姫将軍』系の女性って物語でよくいるじゃない？）

「ソウトメ殿、こちらです」

「はいっ」

結局俺は、屋敷に来てもらうのではなく往診するような感じで各家を回ることになった。

悪素毒を治療し終えると、『族長の屋敷で食料を配っている。症状の軽い人は食べたあとはその場で待つように』と指示をしてもらった。

集落に残っていたのは五十一人。重症の人の往診を終えると、屋敷に戻って軽症の人を治療し始める。皆、自分たちの身に起きた状況に驚いてはいたが、ロザリアが言って聞かせると納得する。

（お姉さん姫様の言うことは皆、聞くんだねー。それだけ信頼されてるってことだ）

一番最後に並んでいたこの男の子で治療は終わる。お母さんだと思われる女性の膝に乗って治療を待つこの子、ちなみに年齢が十歳だと聞いて安心した。十歳でも爪が隠れるくらいまで浸食が進んでいる。痛かっただろうと思うと、心が締め付けられる。

最後の子を終えたあと、子供のお母さんの後ろに立つ人の姿が二つあった。もしや治療を受けられなかった人がいたのか？　実際、人数を数えていたわけではないからなんとも言えない。

「あの、タツマ、いえ、ソウトメ殿」

「……どなたですか？」

声を聞けばロザリアに似ている。ここには彼女の従弟妹もいるはずだ。だから声が似ていてもおかしくないだろう。

「あたいの顔を忘れたのかっ！」

左の肩を音が出るほど強く叩かれた。それはあまりの痛さに『リカバー』をかけたくなるほど。

「姫様、その言葉使いではどうかと思います」

「そ、そうだった——でした。ソウトメ殿、ほんとうにお世話になりました」

隣にいたのはブリギッテ。よく見るとロザリアは服装が違っている。いつも身につけていた闇に紛れるような漆黒の外套、その下は革製の冒険者が着用する軽鎧。腰から下はズボンだったはず。

それがなんということか。村娘風の清楚なシルエットの装い。その上踝までのロングスカート。白のワンポイントトレースが入っていたらメイド服ともとれる服装だ。ただ、上も下も漆黒でワンポイントの白は見当たらない。このあたりは、昔から彼女の趣味だったのかもしれない。

「ソウトメ殿に見てもらいたくて、着替えたのですよね？」

「そ、そんなことは、ないとは言わ……」

下を向いたまま、それ以上答えられなくなったロザリアがそこにいた。

足先、足首、膝まで到達、腿を過ぎて腰まで沈む、なにせこの熱さだ。慣れていなければここまでかなり勇気がいる。胸元を過ぎると、肩までどっぷり。体中をピリピリとした皮膚を刺すようなお湯の熱さ。
「——ぁふぁぁあああああっ」
つい声が出てしまった。俺は族長屋敷で一番風呂をいただいている。この集落の風呂は魔道具を使っておらず、赤くなるまで熱した鉄の塊を鉄のカゴに入れて風呂を沸かすという、古典的でかつ心のこもった風呂だった。

「やっぱり俺たち下町の育ちは熱い湯だよなー」

夜が明ける少し前あたり。『個人情報表示謎システム』の時間は午前四時になったところだ。集落全員の治療を終え、皆の食料事情を解決した俺はこうして休ませてもらっている。

俺の生まれ育ったあの地域にはその昔から銭湯のような公衆浴場もあり、深くて熱い湯船と、浅くてぬるめの湯船があるのが基本だった。

(いやしかしさー、俺より年下がさー、二十人いないってどういうことなんだってばさー)

ロザリアが六十二歳はいいとして、コーベックが四十二歳、ブリギッテが三十八歳。コーベックは最初生命に危険が及ぶ症状だったこともあり、年齢より上に見えただけ。俺より年上の誰もが、どう見ても俺より若々しい。

数値的には倍の年齢でも、成人年齢で比較すると実質的には三分の一。あちらの世界で言えば、俺は『飛び級して大学生になったスーパー小学生』のように思われているのだろう。

(虎人族のプライヴィアさんにも驚いたけど、ほんと魔族さんって半端ねーわ)

「いい湯でした」

「そうか、ならあたいも入ってくる」

「ちょ、大丈夫なんですか?」

「大丈夫とはどういうことだ?」

「いえその、いいです」

（『男と同じ湯船に入るとか嫌だったりしないのかな？』と思ったりはする。でもある意味俺のが先に入ってて良かったかもだわ。そうじゃなければ色々妄想しちゃいそうだし……）

ロザリアが湯から上がってくるころには、外はもう明るくなっていた。俺は『リカバー』で疲れが取れているとついバラしてしまうと、ロザリアもかけてくれと頼んでくる。『少しでも集落の子たちに何かをしてあげたいから』と言われてしまうと断ることができなくなる。

「あの、ですね」

俺は皆の治療をしながら、色々なことを聞いていた。そんな中、聞き捨てならないことを耳にしてしまった。

「わかってる——います。見ることができる悪素のことですね？」

「はい。いや、うん。あ、俺と二人のときはいつもの口調でもいいですよ」

「そ、そうなの、か。なるべく早く直す努力はするから、助かるよ」

「それで、そこはここから遠いんですか？」

「タツマさん、あんたもその口調、あたいらの前だけではなんとしてくれ」

「あ、あぁ。癖でね。仕事では丁寧な口調を心がけてたから、どうしてもね」

「無理にとは言わない。ただ、堅苦しいというか、あたいも困るんだ」

「わかった。それで、どうなの？」

「そうだな。ここから歩いても半日かからないで行けたと思う」

「なるほど——ってちょっと待って、そんなに近いの？」

「いや、その、うん。その場で説明したほうがわかるだろう」

集落の皆が起き出して、朝ごはんを食べられるようになったのを確認してから、俺たちは目的の場所へ向かった。馬車で進むこと『個人情報表示謎システム』の時間で一時間過ぎたあたり。

二頭引きのこの馬車、普通に移動するときは人が歩く速度の体感倍くらい。それはあくまでも転圧された道での話。ここまで来るのに荒れた道しかなかった。ということは、おそらく集落から二キロか三キロしかないのかもしれない。

「ここがそうなの？」

馬車を止めたところから少し距離がある。それはおそらく、馬たちを近寄らせたくないという気持ちからだと思う。

「ここから歩こうか。タツマさん」

「うん」

集落から持ってきた鍬（くわ）のような農具を、軽々と手で持って歩くロザリアに俺はついていく。

「なんてこと……」

森の入り口でロザリアは足を止めた。よく見るとその木は、低い位置にある枝先の葉だけが枯れている。彼女の表情は、なにか悔しそうなものになっている。

「前はな、ここよりもっと奥だった」

ロザリアが言うのは枯れている木のことだろう。彼女は持っていた農具で、木の根元から一メートルほど離れた場所を掘り始めた。少し変わった形だが鍬で間違いないようだ。

三十センチほど掘り返したあたりで、根らしい部分が見えてきた。彼女は木の根の先を鍬で斜めに削り取った。するとその先から、この世のものとは思えない光景が目に入る。

「な、なんだこれ？」

「これがな、悪素だと言われてる」

墨汁ほどではなくとも、混じりけのない黒。それはまるでコールタールのように重く流動的に流れ出てくる。

「これが悪素」

「タツマ――」

「俺は大丈夫。触るだけだから」

「そうだったな……」

ロザリアは納得してくれたようだ。俺は人差し指と親指でつまむようにして触ってみる。触っても刺激のようなものは感じない。インベントリから出した水で洗い流すことはできる。

もう一度触って確認する。さらっとしているのにわずかな弾力も感じる。粘り気はないが個と個は混ざり合う感じがある。手にまとわりつくが、くっつく感じはない。こんなに意味不明なのに、『個人情報表示謎システム』上は毒に分類される。正直、よくわからない物質であることは間違いないだろう。最後に水で洗い流す。

「『デトキシ』、……念のため『ディズ・リカバー』。ほらもう、大丈夫だから」

「あ、あぁ」

「ロザリアさんも見て感じたでしょう？」

「そうだな。よくわからない」

「そう、俺もその感じなんだ。俺が知るものに似たものはない。そうとしか言えない」

「もう、いいか？」

「そうだね。集落に帰ろう」

馬車で帰路につく間、俺はストレートに告げた。

「ロザリアさん」

「なんだ？」

「集落のことなんだけど」

「あぁ」

「客観的に見てもう、駄目だと思う」

「そうか」

「俺が伝えていいね？」

「頼む」

それ以上ロザリアは言葉を発しなかった。

集落に戻った俺とロザリアは、コーベックとブリギッテを呼び出した。

「あのさ」

「構いません」

「へ？」

「私もこの人と同じです」

「は？」

俺は素っ頓狂な声しか出せなかった。

「俺、まだ何も言ってないけど？」

コーベックとブリギッテは見合ってから俺のほうを向く。

「姫様が異を唱えないのであれば、私たちは従うまでです」

「それで、いつ発ちますか？　ソウトメ殿」

「はい？　俺まだ、何も言ってないけど？」

「この集落は危ない、そういう意味合いですよね？」

コーベックはさらりと正解を言ってのける。

「この人が死にそうになったんです。おそらくそういうことだと思っていました」

「ソウトメ殿」

ロザリアのこの目、なんとなく見覚えがある。

「はい……」

「この子たちは聡いのです。あたいが一言うと、十理解するほどにですね」

「まじですかー」

「なのではっきり伝えてあげてくれますか？」

「うん。わかったよ。あのね、この集落はもう駄目だ。いずれ悪素に侵されて、人の住めない土地になるはずだ」

「そうでしたか」

「そうなのですね」

「うん。だからさ、俺とロザリアさんと一緒に、ワッターヒルズに帰ろうよ？」

「ワッターヒルズというとあの？」

コーベックは知っているようだ。

「私たち全員、でしょうか？」

ブリギッテは俺が説明する前に答えてしまう。確かにこの二人はかなり優秀だ。

「うん。許可はもらってるよ」

「私は命を救っていただいたのですから、ソウトメ殿にお任せいたします」

「私も夫を救っていただいたので、ソウトメ殿に従います」

方向性が決まれば話は早い。一日かけて引っ越しの準備をすることになった。各自各家、持っていく物をまとめてもらう。続けて荷物を布や縄で縛り、名前を書いてもらう。あとは俺が格納して回るだけ。

問題は五十一人の移動に使う馬車だ。荷物を積まなくてもいいから、客車に五人ないし六人が乗るとしてそれでも十台は必要になる。

「ソウトメ殿」

「どしたの、コーベックさん」

「私たちが組み上げた客車であれば、一台につき十人は輸送できますが？」

「まじですかー」

「はい」

動じないコーベック。話によると彼らは手先が器用で、屋敷などを建てる際に使う木製の建材も自分たちで加工するとのことだ。

「そ、それでさ、馬は何頭いるの？」

「はい。十頭はいます。ですがその」

「んー、痩せ細って弱ってる。違うかな？」

「ご明察です」

「ちょっとその馬のいるとこ、連れていってくれる？　あと、飼い葉があれば沢山用意してくれるかな？」

俺は馬を使って検証するつもりだった。自然の摂理を曲げるような実験でもある。なるほど痩せ馬と言うよりも立っているのがやっとという感じだ。馬は頭が良い。俺たち人間の声をある程度理解しているらしい。

「このあと、集落の皆を連れて三日走ってもらうことになるんだ。だから頑張ってほしい。『ディズ・リカバー』、『リジェネレート(再生呪文)』、『フル・リカバー』」

俺は治療した馬の背中をさする。馬も生き物だ、悪素に侵されているのは間違いない。その上で身体(からだ)が弱っていったことにより、あちこちの歪(ゆが)みを治すために再生呪文を。最後に完全回復させてみた。

「飼い葉をお願い」

「は、はいっ」

すると治療した馬は、もくもくと食べ始めた。もう大丈夫だろう。多少の強行軍は耐えてくれるはずだ。こうして残り九頭の馬を治す。どの馬も見違えるように力強く元気になっていった。

「人だから、馬だからと、関係ないのですね。一度死ぬ目に遭ってわかった気がします」

コーベックがそう言いながら、馬の背をさする。

「そうだね。俺も思いつきだったんだけど、ここまで元気になってくれると、やってみてよかったと思えるかな」

「では、準備ができ次第。屋敷へお迎えにまいります」

「うん、それまで休ませてもらうよ」

俺は一人、ロザリアのいる屋敷へ戻った。お茶をご馳走になっていると、荷物をまとめ終わったと連絡が入る。俺はコーベックに案内されながら、順番に家財道具を格納していった。先日、俺が持つ空間属性のレベルは3になっていた。出し入れ以外で鍛錬方法がわからないからなんとも言えないが、以前より保管できる枠数が増えているのが確認できる。

すべての家を回り終わり、最後にロザリアのいる族長の屋敷に戻ってくる。

「あの、いいのか――ですか？」

側にブリギッテがいたからか、言葉使いを直そうとする。俺たちがいる部屋には彼女の両親が使っていたベッドや寝具がある。

「いいよ。まだまだ余裕あるし、全部持っていってもいいから」

「はい。お言葉に甘えさせてもらう、……います」

なかなか大変そうだ。ロザリアにとっても思い出の品も多いこの屋敷、この集落。俺にだって彼女の気持ちは理解できる。だからここに置いていくと、色々と思い出してしまうだろう。それならばワッターヒルズに持っていくのがいいと思う。

黒森人族が作った、プライヴィアの持たせたものに負けないほどの幌がついた客車。コーベックが言う通り余裕で十人は乗れているし、牽引する馬二頭も力強さを感じる。俺は俺たちを乗せてきてくれた馬へなんとなく声をかける。

「お前たちはどこか辛いところはないかい？」

するよと顔を寄せてくるだけ。おそらくは十分だからと伝えてくれているのだろう。

集落の皆は準備が整った。これから野営を挟んで三日の道中だ。子供たちもいるが、親もいるから心配することはないとのこと。

「それじゃ、ロザリアさん」

「はい。出発しますよ。何かおかしいこと、身体に支障をきたしたなどあったら申し出なさいね？」

こうしてワッターヒルズまでの引っ越しが始まったわけだ。

「……それで、五十一人だったかな？」

「はい。多くてすみません」

「いや、ある程度予想していたし、その辺りは心配しなくてもいいよ」

「ありがとうございます」

俺はワッターヒルズに到着したあと、川向こうに馬車を待たせて冒険者ギルドへ報告に来ていた。

もちろん、ロザリアも一緒に来ている。俺とプライヴィアがソファーに座っているが、ロザリアは俺のやや後ろに立っている状態だ。

「なるほど、落ち着いて話もしたいところなんだ。彼女も一緒に座ってもらえないかな？」

「では、お邪魔いたします」

ロザリアは、俺が教えたことを自然に使いこなしている。実に綺麗な所作で座る彼女に、以前のイメージは残っていない。

「これはどうもご丁寧に、ところで彼女はどなたかな？」

「あの、ですね」

「はい。ソウトメ殿に危ういところを救われました、ノールウッドの元族長、ロザリアと申します」

「ほほぅ。ノールウッドというと黒森人族だね？　人里に姿を現したのは何年ぶりだろう？」

（集落が他の町と交易をしていた時期は、ご両親が存命で彼女が幼少のころだとかなり前だよね？）

「プライヴィアさんはその、ご存じなんですか？」

「私は長生きしているからね。そういえば自己紹介まだだったかな？　私はここの総支配人をしている、プライヴィア・ゼダンゾークというんだ。ときにロザリアさん、黒髪黒い瞳の黒森人族なんだがね」

「なんでございましょう？」

「『漆黒のロザリア』という二つ名を、ご存じだったりしないかい？」

途端、隣に座るロザリアから俺でもわかるほどの殺気のようなものを感じる。その殺気をなんとも思っていないかのように、笑って受け止めるプライヴィアは違った意味で恐ろしいものだ。

「『その者』は先日とある魔法使いに敗れました。それにより、現役を退きました。あたくしが付き従っている限り、ソウトメ殿に危害が及ぶこともございませんし、もしそのような輩が現れたならあたくしが退けるつもりでございます。どうぞ、ご安心くださいまし」

「『敗れた』ことで『現役を退いた』というわけだね。確かにこの子の『あれ』の前には私でも勝てるとは思えないんだ。もし龍族の龍炎を受けたとして、仮にこの子が消し炭になったとしても、おそらく滅することは叶わないだろう。個人的には相対するのを見たいと思ったりするんだけどね」

「えぇ、そうでございますね」

（ガチの龍族と戦えだなんて、なんておっかないことを言うんですかこの人たちは？　それで俺、生きてる前提だもの。どれだけ化け物なのよ、ないないないあり得ない、から）

「ソウトメ殿はその立場上、色々と危ういんだ。彼は『殺害するのは不可能に近い存在』だとしても、何かがあってからでは遅いんだ。私の目が届かない場所ではこの子を、お願いできるかな？　ロザリアさん」

「はい。このロザリアがその使命、承りました」

（俺、どれだけ化け物扱いされてるのよ？　それにいくら二人からしたら年下とはいえ、『この子』で通じ合うのは勘弁してほしいんだけど……）

「あ、そうだプライヴィアさん。黒森人族の皆さんはどこに住めばいいでしょう？」

「あぁその話だね。以前からギルドに処分したいと相談のあった宿屋を買い取っておいたんだ」

「え？　宿屋ですか？」

「あぁ、安いものさ。なにせあの黒森人族が移住してくれるんだ。このワッターヒルズにも良い影響が訪れることが想定されるのだからね。早速職員に案内させるから好きに使ってもらって構わないよ。聞こえてるかな？　クメイくん」

『は、はいっ』

（クメイリアーナさん、またですか）

　このあと少しだけ、ロザリアとクメイリアーナとの間にひと悶着が起きた。普段は大人しく控えめなクメイリアーナが、ロザリアと相対したときだけやや好戦的な口調になって俺は驚いた。もしかしたら彼女たちは、相性が悪いのかもしれない。俺はそう思って納得することにした。そこでロザリアが口にした『あたくしはソウトメ殿のメイドにございます』という言葉に、ヒートアップしていたクメイリアーナも引き下がり、幕引きとなったわけだった。

　川向こうで待っていたコーベックたちを迎えに行き、改めて移住を再開することとなった。プライヴィアが用意させたという建物は俺もよく知る宿屋街にあった。地区の一番端にあるこの建物。なんでも最近経営が怪しくなりつつあったらしく、黒森人族の移住を予想して権利を冒険者ギルドで買い上げたとのことだ。

　三階建てで一階は食堂かなにかだったのだろう。部屋数もそれなりにあり、余裕で皆が暮らしていけるだけの居住空間があった。

「この先にギルド所有の係留所がございます。荷下ろしが終わりましたら、馬車をそのままお預けくださって構いません。それではソウトメ殿、私はこれで失礼致します。明後日あたりにギルドでお会い致しましょう」

「あ、はい。ありがとうございます」

　その後は、コーベックとブリギッテが主導で部屋割りを終えると、俺は預かっていた家財道具をインベントリから取り出して各部屋に置いていく。ある程度終わったあたりで、俺は買い出しに行くことになった。

「あたい――あたくしもお供いたします」

「どうしたの？　俺と二人のときは素の状態でいいって」

「そうさせてくれないか？　あたい自身のケジメと思ってくれたらいいよ」

一瞬だけ素に戻ったみたいだ。

「ならいいんだけどさ。無理しなくてもいいんだからね？」

「わかってる――います。いや、おります？」

「なんていうか、こっちが恥ずかしくなってくるね」

「慣れてください、まし」

俺とロザリアは、俺がよく利用する飲食関係の店や問屋がある市場の区画へ歩いてきた。

「お、聖人様じゃないか。今日は何を探しているんだい？」

「んっと、そこの野菜全部もらえるかな？」

「どうするんだいこんなに、こっちは売れるなら構わないけど」

「いいんだ。必要だから買うんだって」

「いつもありがとうな、聖人様」

「だからその呼び方は」

「あはは」

ロザリアは小首を傾げて俺に質問してくる。

「聖人様、でございますか？」

「あぁ、全部プライヴィアさんが悪いんだよ。聖女様の反対だから聖人様だろうってさ」

「なるほど、言い得て妙で、ございますね」

「ロザリアさんまで」

「聖人様、肉はどうするんだい？」

「あぁ、買わせてもらうよ。それ全部」

「いいのかい？」

こうして買い出しを終えた俺は、一度黒森人族の新しい宿舎となる元宿屋で荷下ろしをする。しばらくは俺が衣食住の面倒を見るから、働くなら冒険者ギルドへ登録して、仕事を探してくれるようにお願いした。

コーベックとブリギッテは、『もちろんです』、『ソウトメ殿にご迷惑がかからぬよう、頑張らせていただきます』と言ってくれた。

「それでその、あたくしはどうしたらよろしいでしょうか？」

「ん？　あぁ、ロザリアさんが住むところ？」

「はい。そうにございます」

「部屋も余っているから好きなところを選んだらいいと思うよ」

「本当によろしいのですね？」

「あぁ、男に二言はないさ」

（言ってみたかった台詞のひとつ。ちょっと恥ずかしいもんだねー）

夕食は宿舎のほうでご馳走になった。なるほど、先日集落の屋敷で食べさせてもらった炊き出しもそうだったが、魔族の味付けはどこも濃いのがわかった。

そうして屋敷に戻ると、なぜかロザリアは一階の使用人部屋に居座ることになってしまう。確かに俺は『好きなところを選んでもいい』と言ったが、まさかこうなるとは思っていなかった。

ロザリアが選んだ俺の屋敷の一階、厨房の並びにある部屋。元々ここにあったベッドなどは格納して、彼女の屋敷にあったベッドなどの家財道具に入れなおした。これらは元々彼女の両親が使っていたものだ。ここにあったのは新しいものだったから、二階の空いている部屋は今のところ客間でしかないから、とりあえずそこに置いてある。

「そういえばコーベックさんから聞いたんだけど」

「なんだ？　ですか？　ご主人様」

ロザリアは俺と二人の時は、なるべく素の状態になるようにしていた。それでも家族が近くに住むようになってからは、年長者ということもあり口調に気をつけるようにしているらしい。そのくせ、俺には丁寧な言葉をやめろと言うのは不公平だと思ったりするわけだ。

「無理しなくてもいいのに、てかそのご主人様はやめてほしい」

「それよりも、なんでございますか？」

「そうだった。あのさ、料理が得意だって聞いたんだけど」

「はい。得意な方でございますが、……確かにまだ、お作りしていないのと同じでしたね」

あの日、黒森人族族長の屋敷で炊き出しをしたときはもう、合作状態になっていて誰が作った料理なのかわからなくなっていた。

「でしたら明日の晩、夕食をご用意させていただきますね」

「それは楽しみにしてるよ」

朝起きて顔を洗おうと一階へ。すると何やら、リビングあたりから良い匂いが漂ってくる。そっと覗(のぞ)いてみると、テーブルの上に朝食が用意されている。

「あら？　おはようございます、ご主人様」

「お、おはよう。これ、さ」

「朝食の準備が整ったので、お呼びしようと思っていたところです」

「俺、食べていいの？」

「もちろんです」

「でもさ、昨日、夕食って言ってたよね？」

「この程度、料理のうちに入りませんから」

「まじですかー」

俺はロザリアに背中を押されて席に着かされた。卵の両面焼き（ターンオーバー）、何かのバラ肉らしい部位をこんがり焼いたもの。焼きたてのパン。五ミリ角くらいの賽の目（さいめ）に切られた野菜のスープ。

「パンは焼く時間がありませんので、近場で買ってまいりました。どうぞ召し上がってください」

「は、はい、いただきます」

さっぱりした味わい。それでもダイオラーデンの味付けと比べたら濃厚だ。卵はしっかり火が通っている。バラ肉はこの町で売っている串焼きと同じくらいに味が濃くて歯ごたえもあって脂身もうまい。パンは俺が持ち歩いているのと同じ味。トータルで朝食としては申し分ないものだった。

「美味しかった、……です」

「ありがとうございます」

「そ、それでできたらなんだけどさ、夕食は一緒に食べない？」

「ご主人様がそう仰る（おっしゃ）のであれば、そうさせていただきます」

「だーかーら、そのご主人様はちょっと」

「いえ、これはケジメでございますので」

そう言われてしまうと、言い返せない。

「その代わりに、外ではタツマ様と呼ばせていただきますね」

「う、うん。助かるよ」

(それでもちょっと抵抗があるんだけどね)

午前中は黒森人族の宿舎へ向かう。コーベックたちが冒険者ギルドに登録するというので、彼らに付き添っていくことにした。

　男女合わせて二十七人。受付カウンター前のホールはお祭り騒ぎになってしまい、俺はクメイリアーナに『ごめんなさい』と謝ることになってしまう。

　様子を見に来たプライヴィアは手放しで喜んでいた。

「黒森人族の方々は皆、手先がもの凄く器用だと聞いている。いずれ私も仕事を頼むかもしれないから、そのときはどうかよろしく頼むよ」

「ソウトメ殿がお世話になっていると伺っております。ですが、仕事は仕事。それ相応の報酬がいただけるのであれば、どのようなご依頼も受けさせていただきますとも」

　機嫌良く話すプライヴィアに対してコーベックは堂々と答える。冒険者ギルドの総支配人がプライヴィアだと聞いても全く引かないその態度。それがまた気に入ったようで、高笑いしながら彼女は自室へ戻っていった。

　陽が傾いてきて思い出したかのように、俺は川向こうの小高い丘へ。黒森人族の集落へ行って戻ってくる間、日課の鍛錬ができなかったのでひと飛びして戻ってくる。ちなみに今日は、二度飛んでみた。生命力が十分の一の状態で蘇生がかかると、そのまた十分の一になるのが確認できた。

（ヤバい状態でもなんとかなるっぽいね。うん。それでもまだ慣れないな。走馬灯見えないし……）

　見えないからこそ、何か良い方法がないかと思ってしまう。屋敷に帰ってくると、ロザリアに呼び止められなぜか怒られた。原因は服に複数のほつれがあったようだ。『リザレクト』で身体は元通りでも服は戻らない。何をしてきたか白状すると呆れられた。

リビングからとても良い匂いがするが、部屋で着替えてくるように言われる。とぼとぼと戻って着替えてまた戻る。テーブルを見ると驚きしかなかった。

温野菜のサラダに、朝飲んだスープは更に具だくさんになっていたがそれらはただの前菜。半身のムニエルっぽい魚料理。見たことがない焼きたての丸いパン。市場界隈ではコッペパンのような形状が多いため、丸いパンは見覚えがなかった。

朝お願いした通り、ロザリアが正面に座って同じ物を食べてくれるようだ。これはとても嬉しく感じる。

「どうぞ召し上がってください」

「い、いただきます」

このワッターヒルズに来て、ダイオラーデンより料理の味が濃くて感動したが、そんなものは吹っ飛んだ。更に濃厚で俺好みの味。

「新鮮な魚が手に入りましたので、揚げ焼きにしてみました」

「うんうん、まじで美味しいです……」

鮭に似た感じの赤い身の魚に、小麦粉をまぶして多めの油で焼いたものだろう。脂がのっていて身もほろほろ、とにかくもの凄いとしか言いようがない。スープは柔らかいものと、歯ごたえのあるもの計三種類入っている。芋っぽいもの、瓜っぽいもの、ゴボウみたいな繊維質。どれも味がしみていてうまい。パンはやはり手作りだったようだ。外側が薄くてサクサク、中はもちもち。

「ごめんなさい。侮っていました。降参です。ごちそうさまでした」

「ありがとうございます」

諸手（もろて）をあげて降参。ロザリアはとても喜んでいた。食器の片付けが終わると、デザートとして甘い柑橘類（かんきつるい）が薄切りになって目の前に置かれた。

「ご主人様、お酒、飲まれますか？」

「あ、そうだね。しばらく飲んでなかったから飲もうかな」

ロザリアはどこから取り出したのか『じゃじゃーん』という仕草と表情で酒瓶を見せる。この酒も買ってきたのかと聞くと彼女は頭（かぶり）を振る。

「実は、厨房にかなりの本数が用意されていたようなのです」

プライヴィアの仕業だと判明。各部屋の寝具から始まって、厨房機器、什器（じゅうき）備品、まさかの酒瓶、そこまで至れり尽くせりだとは俺も思っていなかった。

「……うまい」

「ほ、本当ですか？」

ロザリアは、俺が飲んだ酒の入ったグラスをじっと見てくる。もしかして、酒が好きなのか聞いてみると予想通り。

「実は、ほんのすこーしだけ、好きだったりするのですね」

「そっか。じゃ、一緒に飲む？」

「い、いいのですか？」

「ほら、グラス用意してるんでしょ？」

「ご主人様ならそう言っていただけると思いまして……」

グラスの底を左手で、右手で側面をそっと支えて俺の前に差し出してくる。

(注げと仰るのですね？　いいでしょう。並々と注いであげましょう)

表面張力、とまではいかないが、気をつけないと零れてしまうほどに注ぐ。

「ちょっと、ご主人様、なんてことするんだよ？」

「素が出てるねー」

「んっ、んっ、くっはーっ。うまいっ」

「あははは。いける口じゃないのさ」

「あ、つい……」

こうして俺の屋敷には、メイドさんのような飲み友達にもなってくれる同居人が増えたのだった。

翌朝、俺は目を覚ましたあと顔を洗ってリビングへ向かったのだが人の気配がない。厨房も見たがいないようだ。おかしいと思ってロザリアの部屋を訪ねる。ドアをノックすると、ややあってカチャリと音を立てて隙間が開く。そこから見えた彼女の表情は、あちらの世界では見覚えがある。
そう、二日酔いの辛そうなものだった。
「……ごめんなさい。飲みすぎた。もう少し待ってほしい」

「ちょっと手を出して」

「はい……」

「『デトキシ』、どう？」

「あ、頭がすっきり――今すぐ準備をします、少々お待ちください」

慌てて手を引き、ドアが閉まる。奥から何かが倒れる音がした。俺はここに居続けると悪い気がして、素直にリビングで待つことにする。

ロザリアの謝り倒す勢いをなだめつつ、ほんの少しだけ昨日より遅い朝食を終えた。彼女の淹（い）れたお茶を飲んでほっこり。

「俺ね、明日からまた悪素毒治療を再開するんだ」

「そうなのですね。なんだかこの都市の方々に悪い気がします」

黒森人族全員先に助けてもらった、ロザリアはそう言いたいのだろう。

「大丈夫だよ。ここから馬車で三日。ワッターヒルズにとっても他人事（ひとごと）じゃない距離なんだ。……あ、そうだよ」

「どうされました？」

「プライヴィアさんに詳しく報告するのに、あの悪素の結晶。カメラで撮って保存しておけばよかったかな？　って」

「カメラというのはどういったものでしょう？」

この世界には存在しないものだから、ロザリアが知るはずもない。

「スマホっていう、……んー。こっちではそうだね、魔道具みたいなもの、でわかるかな？」

『個人情報表示謎システム』のインベントリ項目を見ると、未だにスマホが鎮座したままだ。あちらの世界で物欲に負けて買ってしまった、超ウルトラハイエンドなスマートフォン。

実際使っていたのは電話の通話機能、ショートメッセージサービス、ソーシャルネットワーキングサービス、カメラの機能くらいだ。ゲームは基本『リアースファンタジア』しかやらないからインストールすらしていない。

そういえばこのスマホは、こちらへ来てから一度も取り出していない。なぜなら、麻夜たちが『電波の受信強度は圏外でかつ無線ＬＡＮもない』と言っていたから、出す機会を失っていたのである。インベントリをタップすると、手のひらに懐かしさを感じるスマホが出現した。色は黒、ケースも黒、ネックストラップまで黒という黒づくし。

「これがね、スマホっていう魔道具なんだ」

「なるほどこれが、……あたくしは初めて見ますね」

画面をタップしても反応がない。電源が落ちているようだ。俺は側面上部にある電源ボタンを長押しする。某電気メーカーのブランドロゴが出て、『オペレーションシステムを起動中です』というメッセージが表示された。

いつもであれば数秒、遅くとも十秒くらいで立ち上がるのだが、基地局を探していて戻ってくるのが遅くなっているのだろう。電波の届きにくい建物内では起動に時間がかかると聞いたことがある。

「俺ね、数日は魔素が尽きてぶっ倒れてもいいくらいのつもりで、必死に治療をする予定なんだ。まぁ実際は、魔素が尽きることはないと思うんだけどね」

「ご無理をなさらずに」

「うん。いつものことだから大丈夫。俺なんかより手伝ってくれるギルドの職員さんのほうがぶっ倒れるくらいだからね。いつもの魔法かけてあげたら疲れも飛んで驚かれたりするわけ」

ロザリアもそれは知っている。『疲れがスッと飛ぶ』いわゆる『リカバードーピング』だ。馬車で三日かかる距離を七日で歩ききった俺を知っているからこそ、彼女もあの爽快感は危険だと思っていたに違いない。

「それが落ち着いたらね、遅くならないうちに」

「はい」

「俺に対してあの『手配書』を出したお貴族様にね、『お礼』を言いに行かなきゃならないんだ」

「お礼、でございます、か？」

「『あんたのせいで死にそうな目に遭った。どう責任取ってくれるんだ？』みたいな感じの『お礼』を言いに行くんだよ。ま、あっちに知り合いもいるしね」

「なるほど迎撃の意味が、ところでご主人様はその、貴族や王家にも知己がおありなのですか？」

「いやそうじゃなくて、……お、やっと立ち上がったよ。このスマホがね、色々と使い道がある魔道具で——」

『ぺこん』

『ぺこん』

「へ？」

『ぺこん』『ぺこん』『ぺこん』『ぺこん』『ぺこん』『ぺこん』『ぺこん』『ぺこん』

「ちょ、まっ、うそ？」

合計二十回ほどだろうか？　やっと鳴り止んだかと思ったら。

『ぺこん』

最後にダメ押しでもう一度鳴動する何かの受信音。

バッテリーレベルは百パーセント、電波の受信強度は相変わらず圏外表示。買って間もないスマホに訪れたあまりの惨劇。

「壊れた？　まじか、これ、すっごく高かったんだぞ？」

いわゆる『保証期間内での通常使用による故障』が起きたかもしれない。だがこちらには、対応してくれる販売店もなにもないのが実情。そんな絶望の淵に立たされた俺は、縋るようにロザリアを見る。しばらくは彼女も『ぽかーん』とした感じだったが、俺が見ているのに気づいたのか、近寄ってくると頭を優しく撫でながら『残念でしたね』という哀れみの表情をする。

「まじですかー」

力なく項垂れるように下を向く。すると画面に、『メッセージを受け取りました』のポップアップ表示が重なっているのに気づいた。

最新のメッセージをタップすると、そこに表示されている送信者名に驚く。

「へ？　『まーや』ってあいつか？」

その名は『リアースファンタジア』の相棒（フレンド）。あの日、朝まで語り明かした俺の相棒のハンドル名（ニックネーム）だった。

縦にスワイプしても、すべて送信者は『まーや』となっている。

一番古いメッセージをタップして内容を確認すると『おーい』としか書かれていない。『なにやってんの？』という内容が続く。しまいには『激オコプンスコスタンプ』だけが送られていた。

「なんだろう？　未読はあれからなかったはずなんだけど」

あの瞬間の前に受信したのが最後だったはず。

「未読、でございますか？」

「んっとね、未読っていうのは――」

『ぺこん』

「へ？」

画面を見ると『メッセージを受け取りました』の最新表示。おかしい、何かがおかしい。

恐る恐るタップする。

『やっと既読になったよ。麻夜だよー。おじさん、元気してた？』

こんなメッセージがリアルタイムで入ってきたのだ。『個人情報表示謎システム』の現在時刻とメッセージのタイムスタンプは合致する。間違いなく今送られてきたメッセージだ。

電波の受信強度は相変わらず圏外表示。だが、無線ＬＡＮだけはアンテナマークが表示されている。そこをタップして確認すると『ｋｏｊｉｎ』という文字があるのだ。

「なんだこれ？　え？　てことはあれか？　まーやは、麻夜ちゃんだったのか？」

確かにすべてのメッセージにはまーやの名前が刻まれていた。そもそもあちらの世界で俺は、個人的にメッセージのやりとりを続けていたのはまーやだけだった。『リアースファンタジア』では男性が女性の、女性が男性のふりをする行為を禁じている。だからまーやは『彼女』ということまではわかってはいた。けれど長い間相棒として遊んでいたこともあって、文字のやりとりだけはぼっち気質な俺でも無理なく続けられていたというわけだった。

「こちらに書いてある、麻夜さんという方は先日仰っておられたあの？」

「読めるの？」

「はい。なんとかですが」

驚いたことに、スマホに表示されている日本語をロザリアが読めているようだ。そういえばあの日、女性事務官が持たせたタブレット型の魔道具に表示された文字は、俺も読めたが当たり前のようにあの事務官補も読んでいた。

「そう。同郷のね、子たちの一人なんだ」

『ぺこん』

『既読スルーはよくないぞ？　ま、こちらはそろそろ朝ごはんだからこれくらいにしといてあげる。また二十二時にねー』

この言い回しは間違いなく相棒のまーやで間違いなかった。

「『おっけ』、送信っと」

『送信が完了しました』のシステムメッセージ。続けてメッセージが既読になった。これは間違いなく繫がっている。

バッテリー残量は九十八パーセント。さすがはハイエンドモデル、バッテリーの消費も早い。俺はできるだけ持たせるために、電源を切ってインベントリに格納した。

「さっきの子がね、ロザリアさんが言ってた王家にいる『知己』にあたるのかな？　多分だけどね」

「そうなのですね」

「あ、ところでさロザリアさん」

「はい、なんでしょうか？」

「『個人情報表示』って知ってる？」

「はい。所持している属性の熟練度だけを示すだけの簡易的な魔法ですよね？」

熟練度とはおそらくレベルのこと。

「それだけ？　他には？」

「いいえ、それだけでございますが？」

「まじですかー」

俺が見ている『個人情報表示謎システム』は、やはりどこか壊れているみたいだ。

(本来色々と見えてはいない、おかしい部分まで見えてるってことでしょ？　これはまじで、下手(へた)なことは言わないほうがいいかもしれないわ。麻夜ちゃんとだけはすり合わせをする必要はありそうだけどね)

今朝はロザリアがたまたま二日酔いになるという突発的なイベントが発生していた。副次的に朝食も簡易的なものになっていた。まともなものが食べられるだけありがたいが、少しだけ物足りなさを感じてしまった。

麻夜は夜に連絡をすると言っていたし、ロザリアは黒森人族の子たちの様子を見に行くと言っていた。俺はというとこれといって予定もなかったことから、『あるもの』を作るために市場で材料の物色をしていたわけだ。

ロザリアが作る魔族に伝わる味付けは、ダイオラーデンで人族が当たり前のように食べていた味付けと違って確かに満足のいくものだった。だが、元の世界で更に大味な、かつジャンキーな味付けを知っている俺としては、まだ何か足りないと思ってしまった。

ここの厨房には様々な調理器具が揃(そろ)っている。俺が今回使おうと思っていたものはあっさりと揃ってしまった。金属製のボール、金属製で先が丸くなくばらけている、茶道に使う茶筅(ちゃせん)に似た泡立て器だと思われる器具。これで機材は揃った。

材料はそれなりの量を買ってきて、インベントリに格納してある。そこから一食分だけを取り出す。まずは生卵をボールに割り入れる。本来は黄身だけを使うんだろうけど、ジャンクな味を再現したいから全卵にする。ここにほんの少しだけ穀物酢を入れる。穀物酢は探すと案外あるもので助かった。塩もひとつまみほど。これで周りに飛び散らない程度に、気合いを入れて攪拌(かくはん)する。腕がじわっとだるくなるように疲れてくるが『リカバー』を唱えれば大丈夫。誰がこんな料理法を思いついただろう？　そう、感心してしまう俺がいた。

綺麗に混ざったと思ったところで植物油。これオリーブオイルみたいな匂いのものが売っていたからかなりの本数を衝動買いしてしまった。さておき、この油を少しずつ入れて更に攪拌を続ける。

「おぉおおお、匂いも見た目もそれっぽくなってきた。このもったりした感じ。間違いなく俺の求めていたものだ」

ここに、生でも食べられる瓜のような野菜を買ってきた。これをざっと洗って細長く切る。本当は冷えてるとうまいのだが、それくらいは妥協が必要だ。野菜の先にたっぷりつけて、かじる。

「おぉおおおおお、少々ジャンクな大味だけど、これは間違いなくあれだ。『ちゃららららん、マヨネーズぅっ』ときたもんだ。うまっ、これは間違いなくうまいっ」

手のひらに乗るか乗らないかの僅(わず)かな量だったが、野菜を三つ細切りにしてはつけて食べて、しっかり堪能してしまった、のだが……。

「さてと、ロザリアさんに迷惑はかけられない。ささっと洗っ――ちょっとまてやっ、やばっ、これはやばいっ」

お腹(なか)で雷が鳴ってる。これはマジでヤバい。俺はトイレに走ろうとした。厨房の目と鼻の先にあるはずのトイレ。たかだか十歩も走った瞬間、力を入れ間違うと悲惨なことになる。

「お、男の尊厳を守らないとだめ、だーっ！」

一歩、また一歩。『リカバー』をかけつつ、なんとかトイレにたどり着く。そこで深呼吸。

「――粗相しなくてよかったぁ……」

まるで頭の上を、背中に翼を生やした金色で俺みたいにもしゃもしゃした髪の、無邪気で小さな何かがくるくると飛んでいる妄想をしてしまうほどの、この安心感。

「……あ。そっか。これ毒扱いじゃね？　『デトキシ』、ついでに『ディズ・リカバー』。うん。ゴロゴロ止まった。おし、片付けをしに行きますかねっ」

俺はトイレを出て手を洗う。ワッターヒルズって実は、トイレに水も流れる。おそらくは簡易水洗なんだろう。こちらの世界にしては、実に凄い技術力だと思った。

厨房に行くと、誰かがいるような気配があった。そっと覗くとロザリアがいる。

「あ、ロザリアさん。出しっぱなしでごめんなさい」

「いえ、あたくしがもう片付けましたので、別によろしいのです。ただですね、これは一体何をしていたのですか？」

お茶をご馳走になりながら俺は、素直に何一つ隠さず説明することにした。作ろうとしたものを具体的に説明。材料と手順を説明したところで、ロザリアは俺の頭を撫でた。そしてあの『駄目な子を見る目』で笑みを浮かべる。

「あのですね、ご主人様」

「はい？」

「卵を生で食べたら、誰でもそうなってしまうのは、小さな子供でも知っていることですよ？」

「え？」

「あたくしが朝食で卵料理を出しますよね？」

「はい」

「そのとき、しっかりと熱を通しているものだけをお出ししているかと思うのですが？」

「あ、そういえば確かに」

「とにかくですね、ご主人様はご無理をなさらぬよう、お願いいたしますね？」

「あ、はい。ごめんなさい」

俺はあちらの世界ではそれなりに自炊をしていた。冷食がメインとはいえ、こんな失敗はなかったはずだ。それがあっさりと撃沈したこともあって、俺はお昼までふて寝をしていた。

『ご主人様、お昼の準備が整いました』

ドア越しからロザリアの声が聞こえた。反射的に飛び起きたのは、この時間が俺にとって楽しみだからである。

「はーい、行きますっ」

すると俺の目の前に出されたものは、昼ご飯には珍しい生野菜のサラダと、横に置かれたクリーミーなソース。

「ん？　あれ？　なんでこれがあるの？」

俺は迷わず生野菜にかけて、一口食べてみた。

「うぁっ、これ、そっくり。ちょっとゆるい感じだけど、味は間違いなくマヨネーズだ……。これなんでこんな味にできたの？」

「あのですね、あたくしはご主人様のお作りになったソースを味見しました。ですが飲み込まずに口を濯(ゆす)いだのです」

「あ、そゆこと？　でも、どうやってこれを。これって」

「はい。熱はしっかり通してございます。料理はこうするものなのですよ、ご主人様」

またロザリアは俺の頭を撫でる。癖なのかそれとも子供扱いしてるのか。どちらにしてもちょっと悔しい。なぜなら平静を装っている表情を貫いてはいるが、彼女の口角は少し上がっていたから。

「くっ、（ころ）……」

悔しい俺と料理の幅が広がったロザリア。料理は知ることから始めないと駄目だと改めて思った。

『個人情報表示謎システム』では午後十時。麻夜のメッセージに書いてあった二十二時だ。インベントリからスマホを取り出して電源を入れる。今度は思ったよりも立ち上がりが早い。

「うぁ、バッテリーが百パーに戻ってるよ。ほんと調子悪くなったのかなぁ……」

『ぺこん』

麻夜からのメッセージだ。

『こんばんは、おじさん。起きてるでしょ？』

「『既読になったの見てるでしょ？　起きてるよ』、送信っと」

さらさらっと入力して送信ボタンを押す。

『ぺこん』『通話しても大丈夫？』

「『通話できるの？　てか、そんなことをして大丈夫なの？』、送信」

『ぺこん』『風の障壁って覚えてる？　麻夜、使えるのよ』

『風の障壁』、確か低レベルの風魔法にあった。フィールドやダンジョンで、モンスターに音で気づかれないようにするときなどに使われる魔法だ。

スマホから『ぽぽぽぽぽぽ』という音と『着信があります』というアイコン。タップすると麻夜の顔が画面に映る。俺の映像も確認したのだろう。麻夜は手を振って笑顔を見せていた。

『やほー。おじさん元気してた？　あ、初めましてお姉さん、麻夜です、よろしくお願いします』

「なんという扱いの格差」

「ロザリアと申します。麻夜さん、よろしくお願いしますね」

『麻夜、風属性まだ低いからあまり長い時間話せないのよ。そういえばさ、おじさん気づいてる？』

『風属性のレベルが低いから長い時間が難しい』というのはどういう意味だろう？

「もしや、風の障壁の効果時間の問題？」

『それもそうなんだけどさー。スマホよスマホ。バッテリーの消費が通話だと激しいの。でもね、インベントリにスマホを戻すとね、あっという間に充電完了するのよ』

「はい？　さっき百パーに戻ってたのって、壊れたわけじゃないのかー」

『あははは。気づいてなかったのね。ところでところで』

「ん？」

『ロザリアさんなんですけど』

麻夜の口調が急に丁寧になる。これは俺に対してじゃないのかもしれない。

『その耳なんですけどね、もしかしてエルフさんだったりするんですか？』

「ご――いえ、タツマ様にも尋ねられましたがそうではありません。あたくしたちは魔族で、黒森人族という種族です。先日まで族長をしていましたが、今はタツマ様にお仕えしているのですよ」

『魔族って、ファンタジーきたーっ！　それでそれで、黒がいるということは、白もいるのですか？』

「白森人族のことでしょうか？　タツマ様にもご説明いたしましたが、あのような草ばかり食べている青臭い種族と並べられるのは少々困りますね」

『確執、きたーっ！』

麻夜はロザリアの話を聞いて、なにやら喜んでいる様子だ。

『そうそう、麻夜と麻昼(まひる)ちゃんね』

「うん」

『あれからずっと、毎朝毎晩、水を清める鍛錬をさせられているのよー』

「そうなのか」

『うん。露骨にそればっかし。聖属性はそれだけじゃレベルは微増しかしなくてねー。面白くないから麻夜、部屋で勝手に風属性を上げたわけなのねー』

「なんとも『まーや』らしいというか」

『でしょ？　こっそり上げられるのって、風属性しかなかったのよねー』

「勇者でしょ？　そういう鍛錬させられないの？」

『うん。朝也くんはね剣を振らされてるだけ』

「そっか。あ、そういえば言ってなかったけど」

『なんでしょ？』

「俺ね、ダイオラーデンにいないのよ」

『え？　どして？　冒険者ギルドにいるって言ってたでしょ？』

「色々あってね、あるお貴族様に命を狙われまして」

『まじですかー、おじさん何かやらかしたの？』

「やらかしたというより、おそらくあのときのほら、年配男性との接触事故で」

『あー、でもおじさんに非はないって言ってた――あ、それでかー』

「ん？　何かあったの？」

『おじさんの話でね、色々と繋がってきたような気がするのよねー』

「それってどんな？」

『まだバラバラ、部品でしかないのよ。麻夜もちょっと色々調べてみるねー』

「無理しちゃ駄目だよ？」

『大丈夫、これでも結構信頼されているからね』

「そっか、それでね、七日もしたら一度、そっちに戻るつもりではいるんだけどね」

『そうなの？』

「うん」

『あ、そろそろ風魔法の効果が切れそうだし、バッテリーもあれだから』

確かにバッテリーが残り十パーセントを切っていた。

「確かにこっちもヤバいかも」

『それは大丈夫なのですよ。ほら、インベントリに格納してから取り出すだけで、なぜか充電完了するじゃないですかー』

「確かにおかしいね、その謎システム」

『ふぁああっ、眠くなってきたかも。とにかくおじさんが元気で安心したかなー』

「うん。ありがとう。俺も麻夜ちゃんたちが元気そうで安心したよ」

『それじゃまたメッセ投げるね。既読スルーしないでよ？』

「わかってるってば」

『ならいいです。あ、ロザリアさんいますよね？』

俺と入れ違いで画面に出てもらう。

「はい、なんでしょうか？」

『麻夜とですね、お友達になってくれますか？』

「はい。あたくしでよろしければ」

『ありがとうございます。仲良くしてくれると嬉しいです』

「はい。あたくしもそう思います。こちらこそよろしくお願いいたします」

『はい。ロザリアさんおやすみなさい』

「はい。おやすみなさいませ」

『通話が切断されました』のメッセージが流れる。麻夜が言っていたように、インベントリに入れてすぐ出すと、バッテリーが百パーセントになっている。

「まじで『謎システム』だな、これ……」

「ところでご主人様」

「なんでしょ？」

「麻夜さんはおいくつなのですか？」

「んっと確か、十八歳だったかな？」

「なるほど、まだ幼い女の子だったのですね。その割にしっかりした子だと思います」

ロザリアの態度からすると俺はおそらく十歳くらい、麻夜は六歳くらいの子供に感じているのかもしれない。

第六章◇これがお礼参りというものさ。

冒険者ギルドの建物内、受付前のホールに並んでもらうのはダイオラーデンと同じ方式。治療を終えて帰ってもらうまでの回転率は、こちらの方がかなり早い。なぜなら今の俺は、回復属性のレベルがカンストしている。魔法を二回唱えるだけで治療が終わってしまうからである。

どこの誰がいつ治療に来たか受付でその記録をする。そのあとに治療の列に並んでもらう。

「はい、治療を始めますよ。『ディズ・リカバー（病治癒）』、『フル・リカバー（完全回復呪文）』。はい、お疲れ様でした。指先の確認してもらえますか？　どうです？　治っていますよね？　それでは次の人、どうぞ」

こんな感じだから、ギルドの職員のほうが大変だったりするわけだ。場合によっては、治療に並んでいる人がいなくなって、手持ち無沙汰になることもあるくらいだ。

「――ということでですね、ダイオラーデンへ行ってきます」

「あぁ、例の件だね？　あの温厚なリズレイリアでも、腹に据えかねると言っていたからねぇ……」

例の件というのは、俺に対する『デッドオアアライブ』。リズレイリアの報告では、まだその依頼という名の強引な要求が続いているらしい。

「そうです。俺の知り合いも沢山あちらにいますから、あのままにしておけないのが正直な気持ちです。それに今回は一人で戻るわけじゃありませんし、プライヴィアさんもご存じの通り『俺は負けません』から」

「あぁ、それは十分理解しているよ。でもね、……そうだな。ちょっと待ってくれるかな？」

そう言うとプライヴィアは、ソファーから立ち上がると自分の机に戻った。何やらペンで書き上げたあと、かなり大きな判を数カ所押した。大雑把（おおざっぱ）に振り回して乾かす仕草をしてみせる。

「こんなものかね」

プライヴィアはそれを持ってソファーに戻ってくる。いつも通り豪快に俺の前に座ると、書いたばかりの何かを広げて、くるりと回して俺に見せる。

「……これ、マジですか？」

「真面目も真面目、私が君に嘘（うそ）を言ったことがあったかな？」

「いえ、ありませんけど……」

「あのね、ソウトメ殿」

「はい」

「『貴族』や『王族』という生き物はね、ここまでやらないと駄目なときもあるんだ。これはね、最悪の事態が発生した場合、相手の心を折るときに使う道具だと思ってくれていいよ」

「本当に、いいんですか？」

「大丈夫。いざとなったらしっかりと私がお尻を拭いてあげるから。好きなようにやってみなさい」

プライヴィアは、尻拭いという意味で言っているのだろう。俺はもの凄（すご）く危険な匂いのする手土産（てみやげ）を預かって、総支配人室を出ることになった。なくさないように速攻で、インベントリにしまい込んだのは言うまでもない。

俺は手招きをしてロザリアを呼ぶ。彼女が耳を近づけてくると小声で話しかけた。

『ロザリアさん』

『なんですか？　ご主人様』

『俺、ワッターヒルズまで七日かかったんですけど、なんで二日で着いちゃったんですか？』

ワッターヒルズを出て、途中一度だけ野営をした。馬たちも頑張ってくれたおかげで、順調に進んでいると思ってはいたのだが。陽が落ちる前に、大きな湖が見えてきたのはなぜだろう？

『そもそも論ですが、これだけの距離を七日で移動できるほうがおかしいと思いませんか？』

『確かに俺は七日で着いたけどさ。何がおかしいの？』

「はい。あたくしはですね、馬車を乗り継いで三日かかりました。おかしいとは思いませんか？」

黒森人族の集落のあった場所は街道が整備されていないところを通ったからか、結果的にワッターヒルズから片道三日かかった。ダイオラーデンへの道は整備されているが、直行の馬車がない。馬車を乗り継いでワッターヒルズまで三日かけて来たのだという。

『だってさ、ロザリアさんが指でほら、教えてくれたじゃない？　あれって歩いていけるって意味じゃなかったの？』

『普通は、途中で気づくと思うのですが……』

『ロザリアさんを信じてたから気づかなかったんだよな、……そういえばさ』

『今度はなんですか？』

『今更かもだけど、俺たちはなぜ、こんな場所を登っているの、かな？』

俺たちはダイオラーデンに到着後に馬車を隠した。そのあと、とある貴族家の屋敷行くためにかなり急勾配な壁、いわゆる永久擁壁を登っている。傾斜角は正三角形と同じくらいだろうか？

『屋敷の正面突破をなさりたいなら、お止めいたしませんが？』

『それは、無理でしょ。なるべく被害を出したくないからさ』

『でしたら、きりきり登ってくださいまし』

『わかりました……』

そう言うとロザリアは、まるで忍者が登るかのように軽々と先へ行く。ある程度の場所まで登ると、彼女はロープを下ろしてくれる。俺はそれを使って力任せに登っているというわけだ。会話は時折こうして近寄ってもらっては、小声でやりとりを続けていた。

あちらの世界にいたときのごく一般的な俺の体力では、こんな力任せな登坂は無理に決まっていた。だがこの世界に転移させられたあとは、スペック的に人族のそれを少しだけ超えていた。筋力や体力などの数値もやはり『リアースファンタジア』で見覚えのあった、俺のキャラクターに酷似していた部分があるのは不思議で仕方がなかった。だからこんなことが可能なのだろう。

登り始めてかなりの時間がかかったが、なんとかやっと到着した。俺たちが登ってきた場所から見ると、右側には大きな本邸と思われる建物。左側には別邸、いわゆる離れと思われる小さな建物。

それでも俺の屋敷の三倍はありそうだ。

ロザリアは俺に顔を寄せて、小声で話しかけてくれる。そこまでしなくても聞こえるのだから、少々気恥ずかしい。

『では、打ち合わせ通りでよろしいのですね？』

『うん。それでいいと思うよ。俺がいるし、多分元通りになるからね』

日中、ロザリアだけ先にアポイントメントを取ってもらった。もちろん『俺の身柄について引き渡しの予定がある』という嘘の報告をしてもらったわけだ。相手方はこの時間を指定してきた。どこからともなく現れる系の立場なロザリアに合わせるため、正面から行けないのが今回の理由だった。

ロザリアは腰のあたりに手をやると、そこには黒い刀身で細身のナイフを取り出した。刃渡りは刺身包丁くらいはありそうだ。いったいどこに隠していたのだろうか？

『それってもしかして、俺のときに使ったヤツ？』

『はい。そうでございます』

さすが俺に対して嘘偽りを言わないだけはある。

『小さなころから狩りの際に愛用していましたので』

『え？　それなら俺って狩りの対象な獣と同じなのか』

『そのような生やさしいものではありませんよ……』

『ん？』

『いえ、なんでもございません。では、いってまいります』

『はい。気をつけてね』

ロザリアは、美しい所作で一礼をして別邸の中へ消えていく。俺は入り口から、作戦の成功を祈って彼女の背中を見送った。

『個人情報表示謎システム』に表示された時間は午後十時過ぎ。本来なら麻夜との通話をしている時間だが今夜はお休み。そんな時間だから、この場所もこれだけ静まりかえっているのだろう。

(そういやこの天井と壁の材質、なんとなく見覚えあるんだけどな……)

入り口から天井を見上げて思い出す。おそらくだが、こちらの世界に召喚されたとき、麻夜たちの無事を確認して意識を失って倒れた際に、見上げた天井と似ているような気がした。

それからほんの数分後、別邸からロザリアが出てくるではないか？　あまりにも早く戻ってくるから俺は何かあったのかと思ってしまった。だがそれは取り越し苦労だったみたいだ。

『ご指示通りに始末いたしました』

(なんともストレートな……)

『うん。お疲れ様。ロザリアさんが感じるかもしれない罪悪感は、俺も一緒に背負うからさ』

『……ありがとうございます』

『それで、中に何人いたの？』

『はい。当主と思われる男、執事と思われる男の二名にございます』

『そかそか。予定通りだね。それじゃ、行こうか』

俺は別邸の中へ入っていく。薄暗い通路を進んで曲がり角を抜けると、後ろにいたはずのロザリアがドアの前に立っていた。

「こちらでございます」

俺たちしかいないからか、ロザリアは小声で話すのをやめたようだ。これはこれで少し寂しく感じてしまうのは、ある意味貧乏性なのだろうか？

「うん。ありがとう」

開けてくれたドアの中。趣味の悪い服を着た、人族かもしれない恰幅の良すぎる中年男。黒い侍従の服を身につけた初老の執事らしき男は後ろ手に足まで縛ってあり、猿ぐつわもしてある徹底ぶり。当主と思われる男は椅子に座らせてある。尋問する都合上猿ぐつわはしていない。

「この世界――いやこの大陸ではさ、二本足で歩く豚みたいなヤツ、俺たちはオークって呼んでたんだけど、あれっているんだっけ？　いやそもそも、オークって服着てたっけか？」

「ぷっ」

ロザリアはすぐさま横を向きやや俯いてから、口元に手拭いをあてて軽く吹いた。

（ロザリアさんでも吹いたりするんだ）

「地域によってそのように呼ばれる、豚に似て非なる種のことでございます、ね」

「いるにはいるんだ」

「はい。あたくしは見たことはないのですが、太っていて醜い姿をしていると聞きますね」

執事らしき男を、オークに酷似した男の横に引きずってくる。

「とりあえずこれでいいか。まずは豚野郎のほうから」

「ぷっ」

（ロザリアさん、沸点低いなー）

俺は豚かもしれない男の前に立つと右足の甲を踏んで唱える。

「『リザレクト（蘇生呪文）』、ついでに執事も『リザレクト』っと」

首元から滴る赤い何かが、男の中へ戻っていく。ロザリアは物珍しそうに見ていた。この現象を見るのは初めてだからだろう。

つい先ほどまで蠟人形（ろうにんぎょう）の館で見るような、惨状の置物にも似る腹の膨れた骸（むくろ）が転がっていた。ロザリアの技により事切れてしまっていたはずの骸は、俺の唱えた『リザレクト』により生命感のなかった肌に不健康の象徴ともいえる、酒焼けの鼻を中心に気味の悪い血色が戻っていく。同時に男の目蓋が開くと何かを探すように目が動き、俺に視線が向いた。もし視線（それ）がロザリアに向けられたものであったなら、嫌悪感で反射的に斬って捨てたかもしれないほどに粘り気のある気持ちの悪いものだった。

（あらぁ、俺を睨（にら）んでいらっしゃる。豚貴族様がお怒りの様子だ）

「初めまして、ダイオラーデン王国侯爵、ハウリベルーム・グリオル閣下。俺は――」

「貴様、いつの間に侵入したのだ？」

背後で足音が聞こえたから振り向いたらもう、ロザリアが俺の横まで来ていた。よく見ると彼女の目が笑っていない。だから俺は慌てて右手で彼女を制した。

「あの、まだ俺が話しているんですが」

「ケルミオット、ケルミオットはおらんのか？」

（うーわ、聞いちゃいないよこの豚野郎。ケルミオットって、あぁこの）

「もしや執事さんのことですか？　そこにいますよ。ほら、すぐ左側。あそうそうロザリアさん、入り口のドア閉めてくれますか？」

「はい。かしこまりました」

ロザリアは俺から一歩下がって一礼し、部屋のドアを閉めたあとはこちらを見守ってくれている。

「改めてお尋ねしますが、この方が何らかの報酬と引き換えに俺を殺すような取引を提案し、ロザリアさんがそれを受けた。それで間違いありませんね？」

「はい、間違いござ――」

「知らん、言いがかりだ」

俺だけにとどまらず、ロザリアにまで食い気味に言葉を被せてくる。なんとも自己主張の強いというか、空気を読まない男だ。

「それでも彼女が仕事を受けたのは間違いないんです。ほら、こうして証拠になる手配書が手元にあるでしょう？　しっかりと見てください」

俺は左手に手配書を持って、右手の指を揃えてその指先で指し示している。豚侯爵は俺の手にある依頼書をちらっと見る。

「ほら、この手配書は彼女が直接、あなた方から預かったとのことなのです。見てくださいよほら、この人相書きなんて特徴をうまく捉えているではありませんか？　髪のところなんて、まるで俺を見ながら描いたみたいですよ。名前もほら――」

「知らん。手配書など出した覚えはない。そのような下賤な身の女と高貴な我の言葉、どちらが正しいか明白であろうが？」

（うーわまただよ。こっちの戦ってもしかしたら名乗り口上なんて交わさないのかね？　いやそれよりもさ、俺を見下すならともかくさ、ロザリアさんのことをそんな呼び方するのだけはいただけない。……そうですかそうですが、それなら思い出させてあげましょうかね？）

俺はロザリアに手招きをする。彼女は俺のやや右後ろへ歩み寄る。こんなこともあろうかと、俺はロザリアからあるものを預かってインベントリへ入れておいた。

それを手のひらに出すとロザリアに手渡す。彼女は黒い服装の上に、俺から受け取った漆黒の外套を羽織った。その姿は俺も知ってる『漆黒のロザリア』だったときのものだ。

「お、お前はあのときの……」

豚侯爵はロザリアの姿を見て思い出したはずだ。なぜならこいつの表情に焦りの色が見えたからだ。これでもう、惚けることなどできはしないだろう。

「さて、思い出していただいたところで話を戻しましょう。こちらをご覧ください」

俺は改めて手配書を目の前に突き出した。

「この手配書にはこの俺――」

その瞬間、俺の右顎あたりから血が噴き出す。よく見ると彼女の手には、黒光りをする刀身のナイフが握られていた。

「ロ、ロザ、リアさ、ん。そん、な……」

俺はさも『裏切られて絶望しているかのような』表情を作ってロザリアに右手を伸ばす。

（ロザリアさんに斬られたんだね。最期の台詞を言えるくらいの時間を残すだなんて、相変わらず見事な腕前だね。うん、ここまでは打ち合わせ通りだよ。それじゃいっちょ死んでくるわ）

俺はロザリアを振り向いて少しだけ微笑んでみせた。これだけ派手に血しぶきが飛べば、豚侯爵も俺が死んだと思ったはずだ。

そのまま背中から大の字に倒れる。そのあとすぐに『リザレクト』がかかる。数秒と待たずに意識が戻っていた。俺は寝転がったまま事の成り行きを見守ることにした。

「……閣下、約束通りこの男を始末致しました」

「なんと、そういうことであったか。下民の末路は実に儚いのぅ。逃げ回らず早々に始末されておればよかったのだ。……ロザリアと言ったか、実に見事であった」

「では、約束のものをいただきとうございます」

ロザリアが片膝をついて、頭を垂れるのが俺にも見える。

「そうだな。検討しようではないか」

「……検討、でございますか？　この者の身柄と引き換えにいただけると、約束を交わしたではありませんか？」

「いや、その、……だな。じゅ、準備に時間がかかるものであってだな。そうだな、ケルミオット」

豚侯爵がケルミオットを見た流れで俺は身体を起こした。ロザリアの安堵した表情。俺は手を合わせて『ごめんね』の仕草。

ケルミオットを見ると必死に、それこそ首が折れんばかりに頭を振り続けている。俺は背後から豚侯爵の肩をぽんぽんと叩いた。

「駄目だよ。約束はちゃんと守らないと」

振り向いたヤツは顔面蒼白。口をぱくぱく、まるで魚のように開け閉めしてる。

おまけに豚侯爵は、むち打ちになるんじゃないかというくらいに首をひねってこっちを見ているものだから、人間の首はここまで回るものなのかと感心してしまった。

「もう付き合ってられないわ。ロザリアさんこいつら、眠らせちゃってくれるかな？」

「はい。かしこまりました」

ロザリアがなにやら呪文のようなものを口ずさむと、豚侯爵たちの首から上だけが漆黒のマリモのような球体に包まれる。その後数秒で球体が解除されると、寝息を立てて眠っていた。

「ロザリアさん」

「はい、なんでしょう？」

「さっきはほら、やりにくいこと頼んじゃってごめんね」

「いえ、大丈夫でございます」

「ほんとうにごめんね。でもこいつの本音を引き出すのに必要だったんだ」

「その点は理解できました。このような輩に騙されたあたくしも――」

「いーや、騙したこいつが悪いんだ。それだけは曲げられない事実だから」

「はい、そうでございますね」

俺たちはそんなやりとりをしながら淡々と準備をしていく。ケルミオットはそのまま転がしておき、豚侯爵は椅子に座らせて胴と足を固定する。腕を背もたれの後ろに回して固定しようとしたのだが、思いのほか身体が硬いようで難しかった。仕方なく肘掛けに固定することにした。

「準備はいいね。『ディスペル（解呪）』」

「あたくしの魔法はこうして解くことが可能なのですね」

「そうだね。あの厄介な魔法も解呪できるんだから可能だと思ったんだ」

豚侯爵はゆっくりと目を開けた。そこに俺は声をかけるわけだ。

「お目覚めかな？」

「な、なぜ生きている？」

「いや、死んでたよ。まぁそんなことはどうでもいいんだ。あのさぁ、俺の身柄と引き換えにというならせめて、魔道具の偽物くらいは用意しておこうよ？」

「…………」

「それで、ロザリアさんは約束守ったんだけど？　報酬はどうなるのかな？」

「…………」

「黙って許されるのは、叱られている子供だけだってば。……それでどうなのかな？」

「…………」

「仕方ないね。やりたくはなかったけど、お前が悪いんだよ？」

俺は豚侯爵の左手の小指を曲がってはいけない角度に曲げてみる。割り箸が割れる音などよりくぐもった、鈍い音が聞こえてきた。

「――ぐぅっん」

「おぉこれを我慢するとは、腐っても貴族ってやつですか？　『ミドル・リカバー』(中級回復呪文)、っと」

豚侯爵の指の骨折は痛みの緩和と同時に治っているはずだ。『リカバー』(初級回復呪文)では骨折を治すことはできないが『ミドル・リカバー』なら可能。これは冒険者ギルドで怪我(けが)をした冒険者を治療する際に実体験で覚えたこと。だからこうして折って治し、また折る準備をしたというわけだった。

俺は横で転がってこっちを見ながら震えているケルミオットをじっと見た。

「あんたのご主人様がね、答えてくれないみたいなんだ。ケルミオットさんさ、『魔石中和法魔道具』というもの、準備できていたのかな？」

俺の質問に嘘をつけないからか、ケルミオットはゆっくりと頭を振った。

「なんだ、やはり嘘だったんじゃないですか？」

「………………」

(ケルミオットは主人を売ったんだよ。それでも黙っているのは何かあるのか？)

俺は左手の小指を握って折ろうとしたとき、豚侯爵の顔を見たら必死に我慢しようという表情をしているのに気づいた。

「なるほどね。あれだ、格闘技と同じか」

(ボクシングとか空手とかはほら、殴られるときに腹筋を意識的に締めるって聞いたことがある。

そうしないとあっさりノックアウトされてしまうからね）

「覚悟ができるから我慢できるものもある、……ということね。それならこうだ」

俺は豚侯爵を目隠し状態にする。

「こーれーでー、おーれーがーどこからこうげきするかーわからないわけだー」

俺は豚侯爵の周りを回りながら声をかけた。音をたてずに背後に座って、手早く人差し指を折った。

「ぐぉっ……」

「おー、我慢するねー。でも次はいつ折るかわかんないよ？『ミドル・リカバー』」

「だ、誰かっおらぬのかっ！」

豚侯爵を売ったケルミオットはもう、執事ではないらしい。

「あのね。ここって本邸じゃなく別邸でしょう？　それなら聞こえないと思うんだけどなぁ？」

「……うるさ」

「ほりゃっ」

今度は右手の中指を根元からぽっきり。

「ぐっ、ゆっ、ゆるっ、こ、これくらいでは……」

（今、許してくれって言いそうになってなかった？　とにかくなんて我慢強いんだ？）

「そういえばさ、冒険者ギルドにも手配書と同じ内容で依頼を出したって聞いたんだけど？」

「……知らん」

「しつこく何度も何度も、半強制的に圧力かけるみたいに、この俺『タツマ・ソウトメ』を引き渡せってさ」

「……お前が父上を殺(あや)めたあの下民か？」

「俺は豚野郎の父上さんなんて殺していない。……なるほど、あの人がここの当主だったってことか。ていうかやっぱり亡くなっていたんだな。なんとまぁそりゃお気の毒様。ただ俺はな、『神殿で治療を受けているから心配しなくていい』って聞かされていたんだが、おかしくないかい？」

「黙れこの屑がっ、ケルミオット、誰か呼んでこないかっ」

「またあてにするのかい、てかお前が黙れよ」

俺は豚侯爵の股間を体重を乗せて踏み抜いた。

「――ぐっぎょぉおおおおっ」

声にならないオークの叫び、これなら名前負けしないだろう。俺が呼んでいるだけだが。

「うわきったねー。この程度のことで漏らすんじゃねぇよ。……あれ？　なにやらびくんびくんと？泡吹いてないかい？　もしかして会心の一撃(クリティカル)しちゃった？　『フル・リカバー(完全回復呪文)』。間に合ったよな？まぁ、間に合わなくてもなんとかなるけど。一応『リジェネレート(再生呪文)』っと」

オークが漏らしたものが、股間へと戻ってズボンの染みまでなくなっていく。

「ああはは。これはお得だな。掃除も洗濯もいらないみたいだ。よかったな、おい？」

「この、人殺しが……」

「どの口が言いますか？　俺はな、勇者様付きの女性事務官さんからな、安心するように言われた

んだよ。結果的にな、俺の下敷きになってお前の父親が死んだからってな、俺が悪いわけじゃないだろう？　責任の所在は俺たちをあっちの世界から無理矢理召喚(むりやりつれてきた)した、この国の誰かなんじゃないのか？」

「タツマさん」

「ん？」

俺はロザリアを振り向く。

「……勇者様？　あちらの世界からの召喚？　どういうことですか？」

(ロザリアさんはそのことって知らないんだっけ？)

「ロザリアさん俺たちはね、元々はこの世界の人間じゃないんだ。この国の誰かが『勇者召喚の儀』とかいう魔法を使って、俺たちのいた別の世界から無理矢理誘拐したんだと思う。麻夜ちゃんたちは、勇者の資格を持っていたけど俺はたまたま居合わせた、召喚の魔法に巻き込まれただけの一般人だったってことなんだよ」

多少のことでは動じないロザリアでも、さすがに困惑している様子だ。

「おいこの豚野郎よく聞け。俺にかけられた容疑がな、あのとき下敷きになった男性が亡くなったことが原因だって言うなら、それはお門違いって言わないか？　事の発端はさっきも言った通り、あんたらが起こした誘拐事件が原因なんだからな？」

「そのようなことはわかっている。父上が亡くなった原因が、勇者様ではなくただの下民である貴様だった。そのような不名誉は、我が家にあってはならんのだ」

「なんだよその意味不明なローカルルールは？　俺は、そんなことで殺されたってことなのか？　俺、お前のせいで二度も死んでるんだぞ？　どうやって責任取ってくれるんだ？」

「…………」

「うちの大事なロザリアさんを騙した責任はどう取ってくれるんだよ？　切羽詰まった女性を追い詰めて、何が楽しかったんだ？　ん？　答えろってば？」

「…………」

「結局な、『魔石中和法魔道具』とかいうのは用意していないいんだろう？　どうなんだよ？」

「…………」

「これでもまだ黙り(だんま)を決め込むっていうならまた玉潰すぞ？」

「……貴様のせいでこの私がどれだけ迷惑を被っているのかまだわからぬというのか？」

俺は振り向いてロザリアを見た。すると彼女は珍しく『やれやれ』という仕草をしている。おそらくは、俺たちには手に負えない人種だと言いたいのかもしれない。

「なんだかなぁ。これだけやってもまだ、態度を変えないっていうのか？　これはもうあれに頼るしかないんだね……」

俺はここへ来る前に、プライヴィアから持たされた書類をインベントリから取り出した。豚侯爵の眼前へ広げるようにして掲げてみせる。

「ここにな、大事なことが書いてある、一言一句読み飛ばすなよ？」

先ほどの態度とは打って変わって、しっかりと目で追っている。それはそうだろう。こいつには無視できない文言が書かれているからだ。

「ここにはな、こう書いてあるんだ。『貴国との間に発生するであろう争いごとに関して、そのすべての権限をタツマ・ソウトメに委任する』。もちろん、意味がわかるよな？」

豚侯爵は声を出さずにコクコクと頷く(うなず)だけの生き物になっていた。

「署名のところ、読めたよな？『エンズガルド王国公爵、プライヴィア・ゼダンゾーク』と書いてあるんだ。俺の後ろ盾が誰だかわかるよな？ついでにこれから俺がやろうとしてることも、予想がつくよな？」

相変わらず、ただただ頷くだけ。それも大きく、わかりやすく。

「こほん、……現時点をもって我が国は、貴国に対して宣戦をふこ――」

「申し訳ございませぬ。事の元凶は私です。私がすべて悪いのです。国に何の落ち度もありません。どうかどうか、平にお許し願えないでしょうか？」

（すげぇ、椅子にくくりつけられた状態で、五体投地(土下座)してるよ……）

「ぷぷぷ……」

（ロザリアさん、お腹(なか)抱えて笑いそうになってるし）

「そっか、なら仕方がない。責任取りに行かなきゃ駄目(だめ)だよな？」

第七章◇再会と疑惑と。

俺たちが捕縛したのは、ダイオラーデン王国侯爵家の新当主ハウリベルーム・グリオル。この男はこの歳になるまで遊び呆けていたがために、伴侶も子もいない文字通り独身貴族だった。ちなみに俺は姿形がオークに似ていたので、こいつのことを豚野郎または豚侯爵と呼んでいる。

俺たちは昨夜のうちに、当主本人と執事を捕縛したことを本邸にいた家人たちに宣言した。事の成り行きを簡単に説明したところ、預けていた馬車を回せるほどに協力的となってしまう。ここの当主と執事は、どれだけ家人に嫌われていたのだろうか？

こちらの家人たちは貴族ではないから、いずれ職を失うことになるだろう。たまたま、城下出身の勤め人だったこともあって冒険者ギルドの存在を知っていたようだ。どうにもならないならギルドを頼るよう勧めてみた。少なくともリズレイリアの下にいる者たちなら、人を見る目は確か。もし、真面目にやり直せる人であれば、力になってくれるだろう。

改めて正門へ馬車を回し、豚侯爵の身柄のみを荷物として積み込んだ。ロザリアの魔法は思った以上に効力が高く、豚侯爵はまだ目を覚ましていないから暴れることもない。

あの日、ダイオラーデンの王城を出たとき、女性事務官と男性事務官補だけは俺の存在を知っていた。それでもあの日の俺は、その場にいなかったに等しい存在だ。だからこそ裏口から出ていったあとも、大きな問題になっていなかったと聞いている。

俺たちは、跳ね橋を渡ると、王城の外周を進んでいる。本来知られない場所を知っているという立場だったから、大事にせず入っていけたのも事実だ。その裏口を利用するために予め、麻夜へメッセージを送っておいた。

麻夜から『裏口に人を行かせました。あのときの女性事務官さんです』、そうメッセージが入る。

「『ありがとう』、送信」

勝手知ったる他人のお城。その裏口があっさり開く。背中を押され、放り出されたあの日がとても懐かしい。ドアを開けたのは、勇者付きの女性事務官。彼女は俺の顔を覚えてくれていた。ここはただの裏口ではなく、物資搬入口とのことだ。

俺は『ハウリベルーム・グリオルを捕らえているから、冒険者ギルドを代表して、非公式だが国王と会いたい』と伝えてもらう。一応、『会わなければ城下の人々に触れ回る』と忠告し、捕縛している者の確認をしてもらう。縛られているのがグリオル侯爵本人とわかると、王城にある何らかの待合室に通される。だが、急な対応のためしばらくは待つことになるかもしれないとのことだ。

豚侯爵を捕縛している事実がなかったとしたら、俺はここにこうして通されることもなかったはずだ。その証拠に、身柄の引き渡しの代わりに国王が立ち会うとの返答があったからだ。おそらくは、この国が冒険者ギルドと事を構えるのを嫌っているという理由もあるのだろう。

待合室はあの日俺が目を覚ました部屋に似てはいるが、あのときと違うのは隣にロザリアがいること。俺一人じゃないから、暴れてでも外へ出られる。そう思えるのはかなり心強い。

女性事務官と入れ違いに入ってきたのはなんと麻夜だった。俺と並んで座っているロザリアとの間に身体（からだ）をねじ込んで、俺の左腕に右腕を絡めて、ロザリアの右腕に左腕を絡める。それはまるで内緒話をするつもりかのような距離感に思える。それは正解だったようで、彼女は俺たちに聞こえる程度の小声で話し始めた。

『おじさん、こっちぶり。ちゃんと元気してたかな？　ロザリアのお姉さん初めまして。麻夜です』

麻夜がスマホで話していたときのように小声で話しかけてくるからか、ロザリアは笑顔で会釈をするにとどめている。彼女の姿を見る限り、手枷（てかせ）、足枷、首輪などの変な魔道具が取り付けられている感じはしない。もしそうならロザリアがとっくに動いているはずだ。

ダイオラーデンへの移動中、ロザリアと俺との間でひとつだけ決めていたことがあった。それは『麻夜たちに何かあれば、その場で突入してでも助け出す』というもの。その懸念が感じられないのは一安心という感じだった。

(俺の左肘に何やら柔らかいものが当たるのは置いといて)

俺はロザリアに麻夜の後頭部あたりで目配せをする。ロザリアはひとつ頷（うなず）いて、周りへの警戒を強めただろう。

『麻夜ちゃん』

『なんでしょ？』

『ちょっと手を見せてもらえる？』

『なになに？　もしかして指輪でも――はい、何やらマジっぽいですね、ごめんなさいわかります』

俺とロザリアは実に麻夜らしいなと苦笑する。マニキュアの類いが塗られていない健康的な爪だが、工場などで油仕事をした後のように爪先と皮膚の間が少々黒ずんでいる。

『うわ、まじか……』

『あ、もしかしてこれのこと？』

麻夜も指先にきたしている変調を知っていたようだ。俺は声に出さずに頷くだけにする。

『タツマ様、誰かがこちらを覗き見ている気配はないと思われます』

『そっか、ありがとう。それなら今のうちだね。……えっと麻夜ちゃん』

『どしたのおじさん。急に真面目になって』

『これから起きることはさ、ここの人たちには気づかれちゃ駄目だよ？　いいね？』

『ロザリアのお姉さん、おじさん、何をしようとしてるの？』

『大丈夫ですよ、麻夜さん。タツマ様でございますから……』

『ロザリアのお姉さん、それじゃ答えになってないってば……』

『俺ってどんなヤツなんだよ。……まぁいいや。『ディズ・リカバー』、『フル・リカバー』。これでしばらくはいいでしょ？』

『……うーわ、これまじのやつだ』

麻夜は指を五本とも開いて、自分の前にかざした。チリチリと痛む原因がなくなったことに驚いたのだろう。

『おじさんおじさん、もしかして』

『おじさん連呼しないの。んまぁとりあえず、今の俺なら何があっても大丈夫だよ』

何やら麻夜が俺のことをじっと目を開いて見たり細めて見たりを繰り返している。

『んー、おじさんの回復属性ね、何度試しても弾かれるんだよねー。おじさんってかなりの高レベル？　もしや、カンストされていたりしませんよね？』

『ご想像にお任せします、……ってなんでわかるの？』

『麻夜にはね、かんて――おっと誰か来たようだ』

今の『誰かが来たようだ』というのは別に誰かが本当に来たわけではない。何かを誤魔化すときによく使われるセリフである。

（『かんて』？　まさか『鑑定』？　わざとらしく誤魔化したからもしや……）

途端に麻夜は表情を暗くする。

『あのね、おじさん』

麻夜はスマホのメッセージや通話で伝えられなかったことを、ぽつりぽつりと話してくれた。侯爵家のグリオル当主、ハウリベルームへ彼女は恐怖感を覚えていた。おそらくだが、俺たちを召喚した関係者だと思われるとのこと。それが本当だとしたら、どんな手を使ってくるかわからない。もし逆らって不評を買って、より危険な場所へ送り届けられてしまうとも限らない。もちろんそれはこの王家も同様。だから今は麻昼と朝也のために、大人しくて良い子を演じるしかなかった。

『そっか、……でもあのね、麻夜ちゃん実はね、昨日の夜あの丸々太ったハウリベルーム・グリオルだけど、俺を殺そうとした容疑でさ、ロザリアさんと一緒に捕縛してきたのよ』

『はい？』

『今ごろきっと、国王あたりが尋問しているかもしれないね。だから今後もし、あのオークが麻夜ちゃんの前に姿を現したなら、大変なことになるよきっと。この国が逃がしたことになるからね』

『え？　ほんとに？』

『タツマ様は嘘を申しませんよ』

『本当なんだ……。おじさん、疑ってごめんね』

『いいって。そう見えちゃうのは仕方がないかな？　だから俺はもう少し力をつける。いつ何時、何があっても、皆を助けられるように頑張るつもり』

『おじさんのキャラじゃないですよー。そうだ、麻夜もね、ちょっとばかりきな臭いことを知っているのですよ』

『それってどういう？』

『詳しく調べないとなんともな案件だから、わかったらまたメッセージで知らせるね』

『無理はしないこと。約束だよ？』

『かしこまりー』

『それじゃさ、入れ替えで二人を連れてこられるかな？　あ、口止めもお願いね』

『大丈夫だよ、おじさん。それじゃまたね。ロザリアのお姉さん、そろそろごきげんようです』

『はい。ごきげんよう、麻夜さん』

相変わらずの温度差。これくらいがいつも通りで心地よく感じる。

麻夜と入れ違いに、麻昼と朝也が来てくれた。麻昼は麻夜よりやや軽め。朝也は気にするほどではなかったようだ。二人とも公平に治療して、またねと挨拶を交わした。

ロザリアは俺に同行せず、待合室で待機することになった。俺は彼女に見送られながら謁見の間へ向かうことになる。女性事務官に案内され、観音開きのドアが開けられる。

大理石のような床、白く光沢のある壁、柱。そして遅れてきて玉座にゆっくりと座る、ダイオラーデン王国国王、シレンジェール・ダイオラーデン陛下の登場となった。

俺の前にいるのは、朝也、麻昼、麻夜の三人。彼らは片膝ついて頭を低くしている。俺も皆の顔を立てて、似たような姿勢で待っていた。

(早く楽にせよって言ってくれないかな)

「楽にするがよい」

「助かりました。改めて申しますが、私はこの国の民ではありません。ご存じの通り、冒険者ギルドとエンズガルド王国の臨時的な全権大使としてここにいるわけです。そのあたりをご理解いただきたいと思っています」

「……この度は、我が国の侯爵、ハウリベルーム・グリオルが貴殿に対し、不始末を働いたと聞いている。この場においてその非礼を詫びたい」

王様的謝罪方法というべきか。玉座に座ったまま、頬杖をついて見下ろすように述べるだけ。偉そうというか、偉いのだから仕方ないだろう。その態度に俺がムカつくのも仕方がないことだ。

「もちろん謝罪は受け入れます。ですが、再び同じことが起きたとしたら、今度は『争い事』に発展する可能性もあります。お忘れのないように、お願いしたいところです」

「……肝に、銘じよう」

「この男の処分についてですが、どのようにしていただけるのでしょうか？　少なくとも、私の暗殺を指示するだけでなく、冒険者ギルドに身柄引き渡しの強要まで行ったと聞いています。これが国としてのお考えというのなら、こちらもそれ相応の出方をしなければならない。そう、エンズガルド王国公爵、プライヴィア・ゼダンゾーク閣下は仰っていました」

国王の表情が歪んだ。相当なプレッシャーを感じてるのだろう。

「……相応の処分を、検討しよう」

「そのあたりはお任せいたします。処分が決定しましたら即座に、冒険者ギルドの支部まで通達していただけると助かります」

国王はかなり引きつった表情をしている。なにせここより強い国が『どうしてくれる？』と迫っているんだ。このままスルーできるわけがない。

騎士と思われる人に両側から押さえつけられて、頭を垂れてるハウリベルーム・グリオル元侯爵閣下。最悪の場合、極刑まで考えられる。日の当たる場所はこれで最後なのだろう。

これで一応、『お礼参り』は一段落。ロザリアもかなりすっきりした表情になってくれるはずだ。

エピローグ

魔界にある国の中で国土はそれほど大きくはないが、国力は低くない虎人族の治める国エンズガルド王国。その公爵閣下から俺は争い事に関する委任状を預かった。某古典的時代劇のクライマックスばりに『おうおうおう、目ん玉かっぽじってよぉく見やがれっ』という必殺技を披露した。

それだけで済めばそれなりに応戦してくるはずの、若きダイオラーデン国王に付け入る隙を与えないほどに俺は追撃をくらわせた。俺がまだダイオラーデンの冒険者ギルド支部にいたとき、『二千人ほどの城下の人々があれだけ悪素毒に苦しんでいる』のに、『国は何をしてるんだ?』って思っていた。けれど、リズレイリアは悲しそうに定められた時を待つみたいな言い方をする。

その原因の一端に触れたような気がした俺は、あの豚野郎グリオル元侯爵を捕縛して引き渡すこととなった。いくら貴族だからって、指が綺麗すぎるんだ。確かにグリオル侯爵家は『悪素に侵食された水を中和する魔道具』を作った家らしい。その上、金を持っているからいくらでも神殿に寄付ができるんだろう。神殿にいる回復属性持ちの巫女でも神官でも捕まえて、満足するまで治療させたのかもしれない。

国王のシレンジェール・ダイオラーデンに謁見した際、彼は冒険者ギルドのジュエリーヌたちがつけていたのと似たような手袋をはめていた。そのため、この国の汚染がどこまで酷いのか、どう対策を取っているのか。今回はツッコミを入れられなかった。

俺が殺人容疑で手配され、冒険者ギルドに身柄の引き渡しを要求してきた主犯格と、ロザリアを騙して填めようとした黒幕は同じ豚侯爵だった。それをお礼参りするのが今回の主たる目的だったわけだ。

臨時的な謁見という形の『次はないぞ』と『責任取ってね』の通達。今はこれが精一杯の成果だと思っている。

ロザリアが待つ待合室に戻ってくると、どこをどう近道してきたのか彼女の隣に麻夜が座っていた。俺が演説かましてたとき、麻夜たち三人もいたわけだから、俺が何を思ってどう生きているのか、ある程度わかってくれたと思う。

ロザリアを見ると『大丈夫です』という感じに頷いてくれた。覗かれたり聞き耳を立てていたりする存在はいないということだ。これなら小声で話す必要はないだろう。

「それでね、ロザリアのお姉さん、おじさんね、凄くかっこよかったんですよ」

べた褒めな麻夜にロザリアは笑みで応える。麻夜が俺に近寄ってきて腕を絡めて張り付いた。

「……おじさん、もう帰っちゃうの？」

「んっと、しばらくは城下にいるよ。そこの冒険者ギルドにね」

「麻夜も行きたいなー」

「どうかされたのですか？」

ここしばらくの間、急激に仲良くなったロザリアが何かを感じて麻夜を心配した。

「あのね、麻夜ってばほら、勇者様なわけじゃない？」

おそらく麻夜が言おうとしているのは、この国に逆らった場合の危険性について。俺がもっと力をつけていたなら、解決してあげられる案件だったかもしれない部分だろう。

「俺がさ、なるべく早くもう少しちゃんとするからさ。それでも駄目なら」

「争い事にする覚悟でなら救える。そう思っていませんか？」

ロザリアの的確なツッコミ。そこまでは考えていてもまだ実行に移すつもりはない。

「うー、はい。ごめんなさい」

「そっちもそうなんだけど、もっと切実な問題があるのよね」

「うん……」

「麻昼(まひる)ちゃんとね、朝也(あさや)くんがね」

「何かあったの？」

「べろちゅーするのよ。それも人前で」

「え？」

「はい？」

「最近はね、中庭あたりでね、外から誰も見てないってわかるとね、警護という名の監視の騎士さんや事務官さんがいようともね、ところ構わずイチャイチャイチャイチャイチャイチャイチャイチャ、お互いの部屋に呼んでは呼ばれては、いったい何をしているやら？　麻昼ちゃん曰(いわ)く『最後の一線は越えてない』らしいんだけど、朝也くんは何やらあやふやだし。おかげで二ヶ月目あたりからね、王城内なら麻夜たちへの監視の目が全くなくなったのね」

「そ、それはきっつい……」

（ありゃ、ロザリアさんったら、目を閉じて耳まで塞いじゃってる。想像するときっついのわかるよ、うん）

「まぁさ、麻昼ちゃんは麻夜の本当の姉さんだし、朝也くんは弟みたいなものだし。麻夜がここを出ていっちゃったら、守ってあげる人いないんだよね……」

「え？　それって」

「あー、言ってなかったっけ？　麻夜ねホームで育ったのよ。麻昼ちゃんとは血が繋がってるけど、朝也くんは違うのね。だから二人がくっつくのは、遺伝学的には問題がないのよー」

ホームとはいわゆる身寄りのない子供を保護してくれる施設のこと。俺たちが住む地域のホームといえば、教会などではなく小さな学校みたいな感じで、誰もが知る最大手のグループが経営している。このようにして俺の生まれ育った下町は、福祉や地域おこしに力を入れていた。

「そっかー、それであの高校だったのか」

「そっそ」

「あの高校って、俺の母校でもあるんだよね」

「ＯＢ？　まじですかー」

「うん。俺のときは男は詰め襟、女の子はセーラー服だったんだけどね」

「まじですかっ。セーラー服は憧れ、着てみたかったなー」

「あははは」

俺に耳打ちするように、ロザリアが聞いてくる。

『あの、ホームというのはどういうことでしょう？』

「あのね、ロザリアのお姉さん」

「はい」

「麻夜たちはですね、理由はわからなかったんですけど、生まれてすぐに両親がいない状態でした。それでも別に不幸ってわけじゃなかったんです。ママさん先生はすっごく優しかったし、ときに厳しかったたし」

麻夜の言う『ママさん先生』というのは私学の教師。保育園から小学校まで一貫教育でメンタル面までケアしてくれるという大変な職業だって聞いてた。

ロザリアは立ち上がると、麻夜の前に立って優しく抱きしめた。

「麻夜さん、あたくしと仲良くしましょうね」

「はいっ。ロザリアのお姉さん」

集落の子と呼ばれる黒森人族の人たちをこうして小さな子供のころから気にしてきたんだろう。

ロザリアは本当の意味で皆のお姉さんなわけだ。麻夜はロザリアの腕をするりと抜けると、今度は俺に抱きついて胸元に顔を埋めてくる。どうしたらいいかわからなくなった俺は、ロザリアを見たら『優しくしてあげなさいね』という表情。俺も麻夜の頭を撫でてあげることになったわけだ。

「すんすんすん。『ぐもあ』の匂いはしなくなったけど、なんだろうこの懐かしい匂い。いや、ぐもあは再現すべきなのよー。……あ、おじさん今朝何食べた？」

「え？　あー、これか？」

　インベントリから取り出した、お昼に食べようと思っていたロザリアお手製のお弁当。朝食にも食べていたから匂いが残っていたのだろう。

「あーこれって」

「はい。あたくしが作りました」

「あー、うん。食べる？」

「いいの？」

「うん。俺はいつでも、食べられるから」

　金属製の弁当箱に入った、鳥のあぶり焼きの薄切り、シャキシャキした食感の生野菜、マヨソース味のオープンサンドイッチ。

「これ、これよ。おじさんからマヨネーズの匂いがしたのよーっ」

「あー、それね。色々あって、俺が再現しようとして、お腹（なか）壊して」

「いっただきまーす。むぐっ、うまっ、うまっ、……すっごいおいし」

　いつもは饒舌（じょうぜつ）な麻夜が珍しく語彙力（ごいりょく）をなくしている。なんでもここ王城の食事も、城下と同じように味付けが淡泊で物足りなかったとのことだ。ジャンクフードの味を覚えてしまった俺らの世代にはきついと思う。

　麻夜はどこからか水筒のようなものを取り出して、蓋を開けて中にあるものを飲んでいる。

「あれ？　それって」

「ん？　知らない？　インベントリ。『リアースファンタジア』ではデフォだったでしょ？　麻夜たちにも空間属性あったのよ」

「まじですかっ」

空間属性を持っていたのは俺だけじゃなかったようだ。麻夜はあっという間に食べ終わり、お代わりを求められるが売りきれと告げるとしょんぼりしていた。

「とにかくさ麻夜ちゃん、最低でも二日に一度――」

「麻夜ね、毎日ロザリアお姉さんとお話するんだー」

「あー、はいはい」

「麻夜は麻夜で色々探ってみるから」

「あたくしもできる限り調べてみます」

「とにかくね、冒険者ギルドに俺はいるから。ダイオラーデンかワッターヒルズにいるか、どちらにいるかわからないときでも、連絡は取れるしそれだけは何かあったら」

「うん。赤煉瓦（あかれんが）のモザイク壁ね？」

「そっそ」

「わかったですよー」

麻夜たち三人に見送られて、俺とロザリアは馬車で王城を裏手から後にする。

▽

あのとき歩いた王城裏手へ繋がるこの通路は、物資の搬入にも利用されている。街中でよく見る荷物を積んだ馬車は、俺たちの世界でいうところの軽トラサイズで一頭引きのものがほとんどだ。

俺たちが乗るこの馬車は、プライヴィアが所有し利用することがあるからか、配送トラックくらいの長さと幅、高さがあり、横に並んでの二頭引きである。

俺たちの馬車を引く馬たちは、他の馬とは違っている。他の馬たちは体高が百五十センチほどだが、俺たちの前にいる馬たちはいわゆる『ばんえい競馬』でソリを引く馬のような大きさで、体高が百八十センチほど。俺の身長よりもあるわけだ。

大きな馬車だからこそ、御者席も広く作られている。そこにロザリアが手綱を握って、俺が左隣に座っている。彼女と俺のと間に子供が乗れるくらいの余裕があるほどだ。

「タツマさん」

馬車で外堀に沿った外周を進んでいた途中、ロザリアが声をかけてきた。

いつもであれば、二人きりのときは『ご主人様』、そうでない場合は『タツマ様』だった。『タツマさん』と呼ばれるときは大抵俺が何かをやらかして、彼女自身が『あたい』と呼ぶような素に戻っているときだった。だがおかしい、そのときのように語気が強いというわけでもない。言葉が妙に優しげなのだ。だから俺は何だろうと思ってしまう。

「はい？」

俺はロザリアのほうを見る。けれど彼女は手綱を握ったまま前を向いていた。

「昨夜のことですが」

「はい」

「あの輩（やから）、いえ、豚侯爵を拷問する際にですね、その都度回復魔法を使って元の状態へ戻す手法は、実にお見事というものでした。その上、豚侯爵を責め立てていたときの言動も、いささかドン引きするほどのものだったと思いますが、別段問題はなかったと思います」

「ドン引きって言葉、知ってるの？」

「えぇ、あの穏やかなあなたは、どこへ行ってしまわれたのかと心配するほどでしたね」

（俺たちよりも前に他の世界から来た人がいたってことなのかな？）

「やりすぎだったかもね」

「いえ、そのあたりはどうということはありません」

「は、はい」

「あたくしは、『手出し無用の上、見守っていてほしい』とあなたにお願いされましたので、それに従ったまででございます」

「はい」

「ですが、……ご主人様はあのとき、わざわざ死んでみせる必要があったのでしょうか？」

ロザリアの語気が若干強くなったような気がして、反射的に背筋を正してしまった。

「はい……」

「確かにあたくしも、プライヴィア様より例の、趣味のよろしくない鍛錬方法を伺っております。目の前でその現象を確認しております」

（それって崖から飛んでるやつだよね？）

「は、はい」

「あのような下賤の豚侯爵を油断させるためとはいえ、主人に手をかけ、裏切るふりまでして機嫌をとらねばならないあたくしの気持ちをおわかりですか？　万が一起き上がらなかったらという懸念を感じながら、演ぜねばならなかったのはとても辛かったのですよ？」

（うわ、前向いてるけど涙流しながら力説してる。これってまじだわ……）

「無事蘇生されたあと、『大丈夫だったでしょう？』と言わんばかりに戯けてみせていただいたので、安心することはできました。豚侯爵を責め立てるときも滑稽で楽しませていただいたのは否定致しません」

「たしかにちょ――」

ロザリアは馬車を止めて、真横を向いて身体を寄せてくる。慈愛のある優しい目で俺を見て微笑んだ。そのあと、両腕を広げて招き入れるようにして、俺の頭を胸元にぎゅっと抱きしめた。『とくん、とくん』と彼女の心音が聞こえてくる。

「ですが、それとこれとは話が別でございます。あなたを待つことしかできないあたくしの気持ちを少しはわかってください」

「……ごめんなさい」

いい匂いがして、冷たい風に負けないくらいに温かくて。優しく俺の頭を撫でてくれている。

「あなたは楽しかったかもしれませんが、あたくしは気が気ではなかったのですからね」

「ごめんなさい……」

「わかってくれたら、それでいいのです……」

冒険者ギルドの建物の裏手、あちらから馬車が見える位置まで近づくと内開きの大きなドアが開いた。おそらくここでは、この馬車を知っているからこそこの対応があるのだろう。職員の顔は皆知った人ばかり。俺が馬車を降りると、握手を求めてきたり、目の前で大声で泣き出したり。

搬入口のドアが開くと涙をボロボロ流して両手を広げて歩いてくる見覚えのある女性。

「ダヅマざぁん」

（あー、リズレイリアさんおそらく、プライヴィアさんと話し合って情報操作してたのかな？）

すると俺とジュエリーヌの間にロザリアが入り込む。麻夜のときのようにそっと抱き留めると何やら耳打ちしていた。

「も、申し訳ありませんでした。お元気そうで何よりです」

驚いたことにジュエリーヌはあっという間に立ち直り、回れ右をして走っていく。

「さっき、何を言ったの？」

「女性同士の秘密です」

裏口から入ると、見知ったホールへ抜ける道がある。途中、いつも治療で使っていた医務室へのドアも見える。まだそれほど経ってはいないはずなのに、とても懐かしく思えるのはなぜだろうか？

その流れで見えてくる受付カウンター。その隣にあるドアを開けたなら、目的の場所へ繋がる一本道が待っている。慣れた手つきで開けるとあとは迷うことはない。俺は慣れたように突き当たりのドアをノックする。

『入ってもらって構わないよ』

聞き覚えのある優しげな声は、この冒険者ギルドダイオラーデン支部の支配人、リズレイリアで間違いないだろう。

「失礼しますね」

俺が支配人室に入ると、リズレイリアはいつもの笑顔で迎え入れてくれる。俺に遅れて入ってきたロザリアが、開けっぱなしだったドアを閉めてくれた。

「久しぶりだね、タツマ殿」

「はい。ご無沙汰しています」

促されるようにして、座り慣れたソファーへ腰掛ける。リズレイリアも座ると、何やら俺の後ろにいる人が気になっているようだ。

「ところでその、そちらの女性はどなたなのかな？」

「はい。俺、色々ありまして、あっちで魔族のある種族を丸ごと面倒見ることになったんです」

「ほほぉ」

「それで彼女はその族長さんだった人ですね、今は――」

「奥さんなのかい？」

「いやいやいやいや違いますって。従者というか、侍女さんというか、執事さんみたいなことをしてもらっています」

「なるほどねぇ。私としてはできたらで構わないのだけれど、そちらの女性にも座ってもらえると、助かるんだけどね」

「ロザリアさん。いいかな？」

「はい。タツマ様がそう仰るのでしたら、そうさせていただきます」

流ちょうに、噛まないで言えるようになった。表と裏を使い分けるロザリアには、努力の跡が見られると思った。音を立てずに座るロザリアに、俺はちょっとだけ驚いた。

「ありがとう。さて、タツマ殿も気づいてるとは思うのだけれど――」

「プライヴィアさんとの話だと思うんですが、その前にその手袋、外して見せてはくれませんか？」

「あ、あぁ。……やはり、わかってしまうんだね？」

「違和感ありありですからわかりますって」

『タツマ様、たしかジュエリーヌさんも手袋を……』

ロザリアは俺に耳打ちをしてくれる。言われてみたら、確かにそんな感じだった。

「なるほどやっぱりそっか。ま、そんな気はしていたんだ」

リズレイリアは『私だけではなかったんだね』と苦笑しつつ、手袋を外して指先を見せてくれた。

すると予想通り。俺がこのダイオラーデンから逃げ出したあの日から数えてまだ日は浅いというのに、もう一ミリほどの黒ずみが確認できる。

これはもう気になるくらいに痛いはずだ。確かリズレイリアは酒も風呂も好きだと聞いていた。あれだけ喜んでいた彼女はまた我慢の日が始まっていたわけだ。

「『ディズ・リカバー』、『フル・リカバー』、……あの国王、民が大事じゃないのかよ？」

麻夜があれだけ早く悪素毒の浸食が進んでいたのは、王城で毎日水を清めるという聖属性の魔法鍛錬が原因のはずだ。ただそれ以上に進んでいるこの症状。

（この城下の人たちはどうなっているんだ？　この城下の人たちが飲んでいる水は、野菜は、肉は、いったいどうなっているんだ？　おかしいだろうよ……）

「ご主人様」

俺は下を向いて爪が手のひらに食い込んでしまうほどに両手を強く握っていたようだ。ロザリアが優しく両手のひらで包むようにして、下から顔を覗いて心配そうな表情をしてくれている。

「ごめん。つい、かっとなっちまった」

「いいえ、差し出がましいことをして、申し訳ありませんでした」

「いいんだ。俺はね」

俺はリズレイリアを見る。彼女はなんとも言えない表情をしていた。まるでロザリアがいつもするような優しい『駄目な子を見る目』を見せている。

ロザリアとリズレイリアのおかげで、少しだけ肩の力が抜けたような気がする。

「ワッターヒルズへ逃げる前にね、リズレイリアさんを含め、この城下の人たちの大半を治療したと思ってたんだ。いや、したんだよ」

「そうだね。ありがたいと思っているよ。感謝してもしきれないほどだね」

「いいえ、そうじゃないんです。悪素はどこから人々の身体に入ってくるのか？　水かもしれない。根菜、葉菜かもしれない。肉かもしれない。穀物かもしれない。でもまさか、こんなに早いだなんて思っていなかったんだ。これじゃまるでこの国の、国王を名乗っているあの野郎は、ここに住む大事な民に何もしてないようにしか思えないんだ」

国王はこれに似た手袋をしていたが、その下を確認することはできなかった。けれどあの豚侯爵の指先は綺麗なままだった。王侯貴族のすべてかどうかはわからない。だが少なくとも一部の輩は悪素から逃れることができている。だから余計に腹が立つ。

「私たちはね、一般市民でしかないんだよ。王族や貴族の連中とは違うから」

力なく笑うリズレイリア。

「だからって、……あ、ロザリアさん」

俺は悔しくてまた手を強く握りしめていた。そんなときまた、ロザリアが手を優しく撫でてくれるんだ。俺は彼女を見ると思い出すことがあった。

「あのさ、ロザリアさん。『魔石中和法魔道具』のことなんだけど」

「はい。あたくしが騙されるところだった『あの』魔道具のことですね」

「そう。もしだよ？　あれがもし、この国で作られているとしたらだよ？　実証実験、いや、酷い言い方をしたなら人体実験だってやってるはずなんだ。何年も、何十年もかけて完成したとしたらだよ？　この国の民に使わせて、『ほら、我が国はこれだけ安全だ。それはこの魔道具が皆を笑顔にしているんだ』って大々的に宣伝するもんじゃないかな？　それなのに……」

俺は事の重大性をわかってほしくて、身振り手振りを加えて力説した。ロザリアだけでなく、同じように聞いてほしいリズレイリアも見た。すると彼女は驚いたような表情をしている。

「よく、知っているんだね。このダイオラーデンにはね、『そう』呼ばれている魔道具が確かにある、……いやあった、と言うべきなのかもしれないね」

「どういうことですか？」

「その魔道具を動かすための核になる魔石が、この国にとってあまりにも高価でね、昨年の冬に稼動を止めてしまったという噂を耳にしていたんだよ……」

「なんだそれ？」

俺は立ち上がろうとしたが、ロザリアが手を握ってそうさせなかった。もっと冷静にならないと駄目だ。彼女の表情はそう言っているように思えた。

「はい。あたくしが思うにですね、悪素が含まれている飲み水や食べ物。それらのほとんどが中和されていなかったとしても、これまでのように安全な食べ物飲み物として『信じて』口にしていたんだと思います。でもそれは仕方のないこと。あたくしの集落は、危険だとわかっていながら、そうして生きてきましたから。安全だと国がそう言うのであれば、疑わないのが民というものではありませんか？」

「リズレイリアさん、彼女と相談したいのでちょっとだけすみません」

「あぁ、構わないよ」

俺はロザリアの手を引いて立ち上がると、内緒話をするように壁際に寄り、彼女に小声で耳打ちをする。

『ヤツらが俺たちを召喚したのは、おそらくその後の話だ。……ということは「そのため」だけに、「魔道具の代わり」になるように……』

『えぇ、麻夜さん、麻昼さんが悪素毒に侵されていたのはきっと……』

『そう。王家や貴族家が飲むための水を作らされていた。悪素を取り除く、……完全にじゃないのかもしれないけど、あとはほら、神殿の回復属性を持った巫女や神官に治療させていたのかも』

『朝也さんでしたか。あの少年は悪素毒に侵されてはいなかったのです？』

『そうだね。聖属性を持っていたのは確か、麻夜ちゃん、麻昼ちゃんだけ。朝也くんは確か、光属性だったと思うよ』

『なるほど。おそらくですがご主人様の仰ることは、当たらずとも遠からずだと思われます』

（まじですかー。ロザリアさんもそういう懸念を持っていたってことか）

『とにかくさ、国王(あいつ)や王妃、王女の、他の貴族の指も調べてみないと』

『あのとき麻夜さんが「きな臭いこと」と言ってましたが』

『あぁ、可能性はなきにしもあらずってやつだね。でも大丈夫、無理はしないって約束したからさ』

『だといいのですが……』

俺はロザリアと一緒にリズレイリアの前に戻ってくる。

「ありがとうございます。考えがまとまりました。それでですねリズレイリアさん」

「なんだい？　タツマ殿にならなんでも協力──」

「するようにって、プライヴィアさんが言ってたわけですね？」

「何もかも、わかっていたんだね。隠しごとはできない、プライヴィアもそう言っていたよ」

「はい。そのプライヴィアさんに、少しばかりまとまった休みをもらいました。だから俺は、できる限りの治療をし直すつもりです。もちろんあっちへ戻っても、行き来ができるようにするつもりですから」

「そうかい。そうなのかい。ありがとうね……」

ロザリアがいつの間にかリズレイリアに寄り添って、彼女の目元を拭っている。

「だーかーら。泣かないでくださいって。俺は俺でそのときにできることを精一杯やるだけですから。とにかく今日からささっとやっちゃいましょう。ギルドの職員が痛がってたら、城下の人が心配しますからね。……あ、そうだ。リズレイリアさん」

「何かな？　必要なものがあるなら言っておくれ。セテアスも好きなように使って構わないからね」

(ありゃりゃ、言いたい放題だね。この叔母上様にしてあの甥御さんありってか)

「セテアスさんはとりあえず置いといて、『飛文鳥』でプライヴィアさんに連絡してほしいんです。『大至急、こちらへ来てください』と」

「それは急なことだね」

「はい。時と場合によっては、俺はこの国の王家に対して喧嘩を売るつもりです」

「そう、なってしまうんだね……」

「もちろん、矢を打ち合ったり、斬り合ったりするわけじゃありません。例えば、この城下にいる人たちを皆、ワッターヒルズへ連れ帰ってもいいんですよ」

「これはまた、壮大な戦になるね」

「例え話は少々大げさかもしれません。ですがあんな王城、俺とここにいるロザリアさんだけで落とそうと思えば不可能じゃないんです。プライヴィアさんだってそう言うと思いますよ」

リズレイリアは隣にいるロザリアを見る。彼女は無言で頷くだけ。

「まぁ、どちらにしても、この城下の人たちの治療をある程度終えてから動くつもりです。明日から職員の皆さんには、死ぬ気で動いてもらいますからね。伝えておいてくださいよ？　あ、プライヴィアさんには今夜にでも連絡お願いしますね？」

「あ、あぁ、わかった。約束するよ」

「では、俺たちはこれで失礼しますね」

「セテアスを使ってくれて構わないからね」

「はい。ありがとうございます」

俺は立ち上がって回れ右。振り返ると、ロザリアはリズレイリアに軽く会釈をして俺に続いてくる。俺はリズレイリアの言葉に甘えてこれからの拠点となる『宿屋ミレノア』へ向かうことにした。

「さて、忙しくなるよ。ロザリアさん」

「はい。そうでございますね。ご主人様」

勇者じゃなかった回復魔法使い
暗殺者もドン引きの蘇生呪文活用法
アサシン
―巻末資料―

— 初期キャラクターデザイン —

character design

タツマ

麻夜

― 初期キャラクターデザイン ―

character design

ロザリア

― 初期キャラクターデザイン ―

character design

セテアス

ハウリベルーム

MFブックス

勇者じゃなかった回復魔法使い 1
～暗殺者もドン引きの蘇生呪文活用法～

2024年2月25日　初版第一刷発行

著者　はらくろ

発行者　山下直久

発行　株式会社KADOKAWA
〒102-8177　東京都千代田区富士見2-13-3
0570-002-301（ナビダイヤル）

印刷・製本　株式会社広済堂ネクスト

ISBN 978-4-04-683378-5 C0093

●定価はカバーに表示してあります。

●お問い合わせ
https://www.kadokawa.co.jp/（「お問い合わせ」へお進みください）
※内容によっては、お答えできない場合があります。
※サポートは日本国内のみとさせていただきます。
※ Japanese text only

企画　株式会社フロンティアワークス

担当編集　近森香菜（株式会社フロンティアワークス）

ブックデザイン　AFTERGLOW

デザインフォーマット　AFTERGLOW

イラスト　蓮深ふみ

本書は、2022年から2023年にカクヨムで実施された「第８回カクヨムWeb小説コンテスト」で特別賞（異世界ファンタジー部門）を受賞した「勇者召喚に巻き込まれたけれど、勇者じゃなかったアラサーおじさん。暗殺者（アサシン）が見ただけでドン引きするような回復魔法の使い手になっていた。」を改題の上、加筆修正したものです。
この作品はフィクションです。実在の人物・団体・事件・地名・名称等とは一切関係ありません。

ファンレター、作品のご感想をお待ちしています

宛先
〒102-0071　東京都千代田区富士見2-13-12
株式会社 KADOKAWA　MFブックス編集部気付
「はらくろ先生」係「蓮深ふみ先生」係

二次元コードまたはURLをご利用の上
右記のパスワードを入力してアンケートにご協力ください。

https://kdq.jp/mfb

パスワード
pntp2

● PC・スマートフォンにも対応しております（一部対応していない機種もございます）。
●アンケートにご協力頂きますと、作者書き下ろしの「こぼれ話」がWEBで読めます。
●サイトにアクセスする際や、登録・メール送信時にかかる通信費はご負担ください。
● 2024年２月時点の情報です。やむを得ない事情により公開を中断・終了する場合があります。